이토록 안타까운 나에게

세상의 모든 이안나에게

살아가는 일이 가끔은 호락호락하지 않다는 것을 느낄 때 끝없는 불안에 빠집니다. 불교에서는 윤회를 통해 우리의 업을 지우려 환생했다고 합니다. 전생의 내가 어떤 죄를 지었기에 이토록 안타까운 모습으로 사는지 다시 돌아간다면 '너 다시 태어나기 싫지? 그러니 지금을 잘 살아라.'하고 이야기하고 싶습니다.

또 혹자는 말합니다. 우리 입술 위에 그어진 인중은 태어나기 전, 천국에서 삶을 비밀로 하라는 천사들의 손자국이라 합니다. 다시 그 천사들에게 물어보고 싶습니다. "왜 계속 천국에서 머물게 놔둘 수는 없었나요. 우리는 어쩌다 이리도 험한 생의 가운데 놓여져버렸을까요."

자기 연민은 위험합니다. 위험함을 알면서도 때때로 자기 연민에 빠져 허우적대는 꼴은 안타깝기만 합니다. 우리의 뇌는 안타깝게도 하나의 어리석음에 빠지기 시작하면 스스로 좀처럼 헤어 나오기가 어렵습니다. 많은 책들은 말합니다. 괜찮다고, 잘 하고 있다고. 우린 정말 잘 하고 있는 걸까요? 정말 이대로 괜찮을까요?

사실은 우리 자신이 가장 잘 알고 있습니다. 내가 정녕 괜찮은지, 어떤 말이 필요한지, 어떤 변화를 꾀해야 하는지 말입니다. 다만 진실로 내 마음의 소리에 귀를 기울이지 않을 뿐입니다. 장님이 코끼리 다리를 만지는 것과 다를 바가 없습니다. 한번 물어보겠습니다. "당신은 당신을 좋아합니까?", "당신은 진정 당신의 편입니까?", "당신은 당신 스스로와 친합니까?"

매일의 반성과 다짐을 기록합니다. 글쓰기는 마음과 주고받는 메시지와 비슷합니다. 오래 써온 글을 돌아보니 한 가지 떠올랐습니다. '힘들고 어려운 현실에 처해도, 불안과 두려움이 날 덮쳐도 그 끝에는 이겨내고자 하는 의지가 강하구나. 실천하기는 쉽지 않더라도 마음 안에 가진 의지만큼은 분명하구나. 안타깝지만 불행하지는 않구나.' 그러므로 세상에 들려드리고 싶었습니다. 때때로 자기 연민에 빠지는 사람들과 낮은 자존감으로 고민에 빠진 사람들에게 같은 고민을 하는 제가 어떻게 조금씩 나아지고 있는지 말입니다.

이토록 안타까운 나. 세상의 수많은 이안나에게 이 책을 선물합니다. 책을 덮은 후 몇 달, 몇 해가 지나 결국은 이토록 황홀한 나, 이토록 황홀한 당신이 되어있기를 바랍니다.

손현녕

차례

이토록

최선을 다 한다는 것

'최선을 다 한다는 것'은 어떤 것일까. 단순히 과정에서 후회가 남지 않는 것으로 최선을 다했다 할 수 있을까. 결과가 좋지 않으면 아무리 하루에 몇 시간을 어떻게 보냈든, 내가 그와 어떤 사랑을 나누었든 그 누구도 과정에는 관심이 없었다. 오로지 사람들이 궁금한 것은 결과였다.

"그래서 합격 했어?", "아니 그래서 걔네 결혼한대?" 이와 비슷한 뾰족뾰족의 모난 관심이 누군가의 가슴을 후벼 판다. 마치 교사가 되기 위해 태어난 사람처럼, 하늘에서 '넌 교사가 되어야 하느니라' 하고 내려준 사람처럼 생각하고 내 인생에 내가 꿀 수 있는 꿈은 단 하나라고 확신했다. 교사가 되는 과정은 물론이고 그 결과까지 확실하게 이 하늘의 부름에 응답할 수 있을 거라 믿었다. 꿈보다 해몽이라고 했던가. 교사는 아무나 시켜 주지 않는 직업이었다.

교사가 되기 전에 갖추어야 할 역량은 실로 나에게 높고

높은 것이었다. 먼저 사범대학에 들어가기 전에 고등내신과 수능 점수가 필요했다. 꿈과 성적이 따로 놀았던 난 사범대학에 갈 수가 없었다. 쓴맛이라면 쓴맛이었다. 다시 시작했다. '사범대학에 가야한다!' 재수를 해서 소위 문 닫고 꼴지로 원하는 과에 입학할 수 있었다.

아니? 그런데 사범대학만 간다고 선생님이 될 수 있는 건 아니었다. 내가 넘어야 할 산은 또 있었다. 나름 성실히 다닌 대학 4년, 주변의 기대만큼이나 스스로에게 거는 기대도 참 높았다. "네가 아니면 누가 교사가 되겠어?", "넌 교사가 천직이야." 주변의 달콤한 말은 내 마음에 들어와 끈적하게 녹아들었고 서서히 나를 잠식하고 있을 거라는 생각은 뒤늦게서야 들었다.

임용고시는 짧게는 2-3년 길게는 10년도 준비하는 시험이다. 모든 시험이 그럴 테지만 누구하나 간절하지 않은 사람 없다. 간절한 마음을 담아 하루에 열두 시간, 매일같이 걸어 다니는 동선은 도서관과 집이었다. 해가 뜨기 전에 나가고 해가 지고 나면 집으로 돌아왔다. 그리고 밤마다 울적이며 글을 썼다. '이 터널에는 끝이 있느냐고.'

   모두가 알다시피 어둡하고 습한 터널은 언젠가 끝이 나고 한줄기 빛이 새어 들어오면 눈을 비비며 밖을 맞이한다. 언제 터널에 들어갔었냐는 식의 내 눈동자를 보면서 말이다. 그래서 난 교사가 되었는가? 아니다. 난 실패했다. 아니, 도전을 멈춘 것이다. 2년의 시간 동안 최선을 다 했다. 그런데 아무도 나의 최선에 대해 이야기하지 않았다. 단지 실패만 이야기했을 뿐.

   결국 '최선을 다함'이란 결과로만 증명되는 성공을 말하는 것일까. 그러기엔 우리 삶 속에 무수히 많았던 의미 있는 실패들이 너무 대견하지 않은가. '최선을 다함'은 이처럼 그 결과뿐만 아니라 허들 하나 넘듯 한 순간 한 순간 고비를 넘기는 과정에도 붙일 수 있는 수식어 아닌가. 그리고 결과에서 오는 감정들까지 오롯이 감내했을 때 쓸 수 있는 말이지 않은가. 나는 이어진 내 삶 속에 또 다시 나타난 터널 속에서 다시 묻는다. 지금 네 삶에 최선을 다 하고 있는가?

상처받은 내면아이

"서운하고 꼭 사과 받아야 할 일이 있다면, 부모님께서 조금이라도 정정하실 때 이야기 하세요. 나중에 노쇠하시면 안쓰러워서 부모님 원망도 못해요."

가족이라고 어디 사랑만 오가겠는가. 미운 말, 평생 대못을 박는 행동과 말들이 어쩌면 지금의 우리를 이루는데 일조하지 않았을까. 어린 시절의 아이는 어떤 모습이어도 있는 그대로 사랑받고 보호받아야 마땅하다. 그런데 어떤 이유에서인지 의도되지 않은 신체적, 언어적 폭력에 멍든 아이가 여전히 마음속에서 울고 있다. 그 상처는 오래 남아 성인이 된 나의 언행과 위기 상황의 갈등 대처에도 큰 영향을 미친다.

잔뜩 화가 났을 때 나도 모르는 내 모습에 놀란 적이 있지 않은가. 아마도 오래 숨어있던 그 아이가 다시 튀어나와 울부짖는 마지막 모습일지도 모른다. 그런 나를 되돌아 볼 기회는 많지 않다. 그래도 혹시 가슴 속 상처받은 내면아이를 만나면 대부분 "네 잘못이 아니었어. 많이 무서웠지?"라고 이야기해주려 한다.

스스로 아는 것이다. 그때의 나는 너무도 힘없는 아이었음을, 그리고 마땅히 사랑받아야 했음을 말이다. 울고 있는 마음속 아이가 눈물을 그칠 때까지 달래주면 좋으련만, 우리는 금세 현실로 돌아와 그때 그 어린아이를 있는 그대로 지지해주지 않은 부모님을, 또는 불안해 하며 무서움에 떠는 어린아이에게 보호막이 되어주지 못한 부모님을 이해해 보려만 애쓴다.

이해와 인정 그리고 포기는 모두 다른 차원의 이야기다. 상처받은 아이의 목소리에 귀 기울여서 목소리 내야 한다. 원망으로 끝날 이야기보다 내 마음이 가벼워질 방향, 그래서 지금의 내가 평온해질 방향의 대화 말이다.

"엄마, 왜 그때 나 지켜주지 않았어?"

마음이 허할 때

 정신과 마음이 공허하면 두 가지 특징이 나타난다고 했다. 첫째는 물욕이 심해지는 것인데, 허한 마음을 눈에 보이고 손에 잡히는 무언가로 자꾸 채워 넣으려 한다는 것이다. 요즘 내 물욕은 정말 하늘을 치솟는 중이다. 딱히 필요하지도 않은데 가게 앞을 지나가다 '오? 좋은데?' 하면서 사는 것이다. 비싼 금액도 아니다. 싼 것 위주로 야금야금 사다보니 언제 읽을지 모르게 쌓인 책더미와 옷, 잡다한 물건들이 쌓여간다. '필요하다'고 생각하면 정말 당장 필요한 것이 되어버리는 마법 같은 순간을 이제 그만 마주하고 싶다.

 두 번째 특징은 '원망'이다. 마음이 공허하니 자꾸 원망만 늘어간다. '나'를 원망하고, '남' 원망하고 '상황'을 원망하기도 한다. 원망은 아무것도 해결해주지 못한다. '탓'을 하면 지금 내가 처한 현실에서 도망갈 수 있다. 마주하지 않아도 되니 원망할수록 느는 것은 한숨뿐이다. 허한 마음은 대체 무엇으로 달래야 하나. 이럴 때가 바로 모든 걸 놓고 여행을 떠나야 할 때인가 싶지만 이제 보니 떠나는 것도 큰 용기가 필요한 일이다. 깊은 마음속, 알맹이가 비어있어 요란해지는 건 입과 손이다.

기댈 곳

 '어떻게 매번 좋을 수 있나. 어떻게 매번 잘할 수 있나.' 하고 생각했다. 사람이 하는 일이니 실수도 가끔 있을 테고 나와 다른 생각에 부딪히고 한계를 느낄 수도 있는 것이다. 내 마음과 같지 않아서 속상할 수도 있다. 내 가치가 평가절하 당해서 분하기도 하고 자존감이 또 꺾일 수도 있겠지. 그럴 때마다 속으로 되뇐다. '그래, 모두가 나를 좋아해 줄 수 없듯이 모든 시기가 항상 좋을 수만은 없어. 다음이 있을 거야.' 그럼에도 가끔 우울함에 가까워질 때면, 지금 여기 있는 그대로의 내 모습을 받아들여 줄 수 있는 사람은 누가 있을까 떠올려 본다. 내가 울고 있을 때 가만히 나를 안아주는 사람은 누구이며 내가 어떤 모습을 하든 어떤 일을 하든 나를 있는 그대로 바라봐주는 사람은 누구인가. 쉬이 입이 떨어지지 않는다. 혼자인 것이 삶이라는 걸 잘 알면서 지독한 외로움에 포근한 품을 찾는 것은 모순의 끝이다.

소귀에 경 읽기

아무리 가르치고 일러주어도 알아듣지 못하는 우둔한 사람. 우리는 모두 소의 귀를 가졌다. '소귀에 경 읽기'라고 한다. 여물을 먹는 소 옆에 다가가 온종일 책을 읽는다고 소가 그걸 알아주지 않으니 말하는 사람만 답답할 노릇이다.

내가 소처럼 알아듣지 못할 때는 언제였을까. 하나에 미쳐있을 때, 귀를 닫고 내가 생각한 대로 그것이 답이라 여겼을 때가 있었다. 내가 세워둔 기준에 부합하지 않으면 들으려 하지도, 보려하지도 않았다. 뜻대로 되어야만 힐끔 쳐다볼 정도였으니 얼마나 갇힌 사람이었나.

모두 각자의 삶이 있을 텐데 굳이 남의 삶에 끼어들어 배 놔라, 감 놔라 시전을 했다. 물론 그 친구도 그 순간은 '소'가 되었다. 그러거나 말거나 내 기준에서 친구가 스스로 불구덩이에 뛰어드는 모습을 보고 가만히 있을 수 없어 오지랖을 부렸다. 역시 그녀에게 내 말은 이미 알아듣지 못 할 '경 읽기'에 무색했다.

결국 사람은 자기 스스로에게서 답을 찾는다. 주위에 조언을 얻기도 하지만 결국 자기 안의 답을 더 확실히 하려는 노력일 뿐이다. 가끔은 소의 귀가 되는 것도 좋다. 우둔하다고 하지만 결코 우둔하지 않은 뚝심 있는 자기 선택이라면 말이다. 그러나 지나치게 내 안에 갇혀있는 것은 아닌지 고민해 볼 법한 일이다. 상자를 하나 뒤집어쓰고 그 안에서 보이는 것만 답이라 생각하는 무지한 개구리는 되지 말아야 한다. 얼른 상자를 벗어 던져야 한다.

장마

　과거에 머무는 것은 어떤 의미가 있을까. 요즘은 유독 현재보다 과거를 살고 있다. 오래된 사진을 보면서 현실을 부정할 때도 있고 옛 영상을 보면서 지금은 곁에 없는 사람들의 목소리와 표정에 한껏 빠져 있곤 한다. 이렇게 몇 날 며칠을 지리멸렬한 장마 속에서 지내니, 습하고 어두운 건 내 방만이 아니다. 날씨 변화에 크게 좌지우지 되는 내 성격은 까탈스럽기 그지없다. 비가 내리기 전, 흐린 먹구름과 몰려오는 바닥의 대기 냄새에 기분은 더 심란해진다. 장마철이면 왜 나는 과거로 도망가버릴까. 비가 내리면 방에 커튼을 치고 이유 없이 흐르는 눈물을 닦아낸다. 밀려드는 모든 의문에 답을 내릴 수 없지만 분명 '비'는 내가 싫어하는 것임에도 잃어버린 과거의 사람들과 나를 만날 수 있게 해주어 그나마 좋은 구석이 있다. 나와 반대로 비를 좋아하는 당신에게는 어떤 이유가 있을까. 당신은 비가 내리면 어떤 음악을 듣고 어떤 시간으로 여행을 떠날까.

여유

　머리를 맞대고 이야기했다. '여유로움은 어디에서 나오는 것일까?' 결코 돈이 전부는 아닐 거라 생각했다. 당장의 기본적인 의식주가 해결되는 상황이라면 돈보다 더 크게 작용하는 무언가가 있지 않을까. 답은 찾을 수 없었다. 자신감일까, 자존감일까. 아니면 그 여유는 타고난 성향인 것일까. 여유롭지 않은 내가 여유의 근원과 본질을 이야기하려 하니 도무지 떠오르지 않았다. '변하지 않는 것이 있을까?' 이 주제는 어떤가. 변하지 않는 사람을 늘 갈망했던 나는 '불변'이라는 가치를 집착하고 갈구했다. 그래서 내가 좋아하는 단어는 '무던하다' 또는 '우직하다' 그리고 '영원하다'에 머물러 있었다. 그런데 이제와 보니 변하지 않는 것이 더 이상한 것이었다. 모든 것은 변하고 변해야만 한다. 단지 그 변화의 방향성이 중요할 뿐이다.

선입견

나 역시 얼마나 많은 편견과 선입견에 사로잡혀 사는가. 같은 음식이라 해도 12살이 만들었다고 하는 것과 52세의 장인이 만들었다고 하는 것은 먹기 전부터 이미 기대하는 바가 다르지 않은가. 그럴 수도 있는 일이고 대부분의 사람들이 그렇게 생각할 수도 있는 일이다. 그리고 그것이 크게 잘못된 일은 아닐 것이다. 누군가 나를 보고 비슷한 맥락의 선입견을 가질 수 있다는 것도 인정하고 받아들여야 한다. 그리고 기대한 바에 미치지 못했을 때, 겪어야 하는 그들의 실망감 역시 내 몫이다. 오로지 글로만 보이는 내가 '문체, 글씨체, 사유거리, 가치관, 감정의 조각'으로만 넘겨짚어지는 일은 당연한 것이다. 당신이 생각하는 그 성별이 아니어도, 그 나이가 아니어도, 그 외모가 아니더라도 글에서 드러나는 내면의 모습은 진정한 '나'가 비춰지기를 바란다.

내 탓, 남 탓

남 탓만큼 좋지 않은 것이 내 탓이라면 나는 모든 일의 결론을 어떻게 내려야 했을까. 언제부터인지 나도 모르게 '내 탓'을 하며 스스로를 괴롭힌다. 좋은 일이 생기면 운이 좋아서, 때가 잘 맞아서라고 생각했다. 반면 안 좋은 일이 일어나면 그것은 오롯이 내가 부족한 탓이었다. 사람도 사랑도 그랬다. 고질병 수준의 낮은 자존감은 늘 그렇게 내 뒤를 끈덕지도록 따라다녔다. 반대쪽에서 힘주면 금세 뒤집어지는 이 세상의 많은 일처럼 내 생각의 시소도 움직여주면 좋으련만. 쉽지만 어렵고 어렵지만 쉬운 일이 결국 내 마음가짐이다. 나는 답을 알고 있다. 좋은 일이 생기거나 좋은 사람을 만나면 내가 그만큼 노력한 덕이고 내가 그만큼 좋은 사람이라 그렇다는 것. 반면, 나쁜 일에 나쁜 사람을 만나면 그것은 그저 운이 좋지 않아서. 때가 아니라서 그렇다는 것이다. 마음가짐에 달렸다.

음악이 이끄는 곳

자주 들었던 음악은 늘 그때 그 자리로 나를 데리고 간다. 작년 이맘때 나는 제주에서 두 달 살이를 하고 있었다. 제주에 지내면서 들었던 음악을 요즘 다시 듣는데, 코끝이 찡해올 정도로 제주가 그립다. 자주 갔던 장소, 자주 만난 사람, 강아지들, 자주 먹었던 음식, 자주 앉아버렸던 그 노을, 제주를 찾기가 너무도 두려운 이유를 몰랐다. 변하는 것이 당연한데 변해있을 모습이 두려운 걸까. 상처는 사랑으로 치유되는 거라고 당신은 말했다. 정말 잔인하게도 나는 받아쳤다. 상처는 상처로 치유되는 거라고. 나보다 더 깊숙이 아프고 피 흘려 우는 사람을 보면 내 상처가 조금 덜 아프게 느껴질 거라고 말이다. 나는 지난해 너무도 아팠다. 사실 제주가 변했을까 찾기 두려운 게 아니라, 그 자리 그대로 힘들어하던 내 모습을 마주하기가 겁나는 것이다.

무욕

  '죽음이 머지않은 느낌' 죽음이라는 것이 그렇게 먼 이야기가 아닌 것 같았다. 그래서 자꾸만 욕심이 없어진다. 아니, 욕심보다는 의욕이 없다는 것이 맞는 표현일까. 대화 중에 당신은 무엇이 힘드냐고 나에게 물었다. 힘든 일이 하나도 없다고 배부른 대답을 하고 그런데 왜 죽음이 가까이 느껴지는지 모르겠다고 덧붙였다. 아무 일이 없어도 지치고 힘들 수 있다. 아무 원인이 없어도 때로는 감정의 파도를 타고 너울거릴 수 있다. 자꾸 없는 원인을 찾으려 애쓰는 일도 지금 나에게는 버거운 일임을 알았다. 나는 꽤 극단적인 사람이다. 이것은 내 단점 1호인데 극과 극을 치달아 중간을 보지 못하는 성격으로 드러난다. 죽기 아니면 살기로 또 극단에 서 있으니 모양새가 위태롭다 하다가도 "우리 때는 140세 시대라는데" 라는 혼잣말을 하며 할머니가 된 모습을 상상하는 나를 보면 앞으로 50년은 거뜬하지 않을까 싶다.

몫

누구나 자기 몫만큼의 아픔을 안고 살아간다. 긴 시간은 아니지만, 겪어보니 그렇더라. 평등하지 않은 것들 투성이인 세상 속에 고통만큼은 평등하지 않을까 생각했다. 가진 것이 많으면 많은 대로, 적으면 적은 대로. 가족이나 타인에게서 오는 고통, 자기만이 아는 스스로와의 싸움 등. 다만 티를 안 낼 뿐 우리는 우리의 몫을 살아내는 중인 것이다. 조금은 유치한 마음으로 고통이 누구에게나 주어진다고 하니 괜히 위로가 되는 듯하다. 고통만큼은 평등하다고 해도 내 고통이 사라지는 것이 아닌데 말이다. 이렇게 한발 떨어져서 보면 보이는 단순한 논리를 조금만 일찍 알았다면 어땠을까. 지금보다 어리고 여렸던 내가 누구나 힘든 짐을 짊어지고 산다는 걸 미리 알았다면 조금 덜 힘들었을까. 덜 울었을까.

내 것이 되면

   무언가를 잃어버릴까봐 발을 동동 거린 적이 언제였나. 지하철에서 만난 꼬마를 보고 생각에 잠겼다. 똥똥하게 오른 볼살, 삐질거리는 땀이 너무나 귀여웠던 그 아이는 소변이 마려운지 지하철 화장실 계단 앞에서 어쩔 줄 몰라 했다. 화장실을 두고도 망설이던 이유는 아직 새것처럼 빛나던 킥보드 때문인 것 같았다. 얼마간 고민하다 도저히 요의를 이기지 못했는지 결국 구석에 킥보드를 주차하고 화장실로 뛰어갔다. 나에게는 저렇게 잃어버릴까 두려워 발걸음을 머뭇거리게 하는 대상에 있는가. 시간이 흐를수록 그 대상은 물건에서 사람으로, 사람에서 기억으로, 감정으로까지 옮겨졌다. 손에 잡히던 구체적인 물건보다 추상적인 나만의 것에 집착이 더 커지기 마련이다. 잃어버리면 다시 살 수 있다는 안정감 때문일까. 또는 그때의 그 기억과 감정은 절대 다시 만들 수 없다는 불안 때문일까. 그 꼬마에게도 킥보드보다 부모님께서 킥보드를 건네주시던 그 기억이 더 소중할 날이 오겠지.

상상

영화 <올드보이>에서는 상상력이 있어서 비겁해지는 거라 한다. 그러니 상상하지 말아야 용감해진다고 했다. 우리는 이 세상에 일어나는 모든 일을 다 겪어볼 수 없다. 그래서 나는 상상력이 꼭 필요한 능력이라 믿었다. 사람에 대한 상상력 역시 그러하다. 세상에는 정말 수많은 사람들이 살아가고 제각각 살아온 환경이 다르며 그에 따라 이해관계 역시 달라진다. 그렇게 다른 한 명 한 명의 삶을 살아볼 수는 없지만 상상력으로 잠시 그들이 되어볼 수는 있다. 그들의 입장에 서서 조금은 이해해 볼 수는 있는 것이다. '상상'하지 마라. 그래야 용감해진다는 말은 부정적인 상상을 했을 때의 이야기일 것이다. '상상을 해보라. 더 편안해질 그 상황을', '상상해 보자. 즐겁게 맛있는 음식을 좋은 사람과 먹으며 보낼 행복한 시간을' 결국 상상 역시 내가 선택하는 방향에 달려있다.

기질

　아무도 책임져주지 않는 삶이란 걸 안다. 내가 아무리 슬픔에 빠져 있어도 다가오는 손들이 얼마나 유약하고 그 역시 각자의 무게를 견디느라 얼마나 힘든지도 잘 안다. 그래서 함부로 남의 손을 잡지도 못하게 되었다. 어느 아티스트는 공연 중 말했다. "삶의 모든 순간순간은 선택이다. 슬럼프가 왔을 때도, 힘든 순간이 닥쳤을 때도. 그 순간 내가 나의 감정을 선택하는 것이다. 그러니 긍정적인 감정을 선택하는 연습을 자꾸 하다보면 나중에는 이겨내는 힘이 강해진다고" 나는 고개를 갸우뚱했다. 사람마다 제각각 방법은 다를 테지만, 자기감정을 돌아볼 여력조차 안 되면 어떡하나. 슬픔이라는 감정이 찾아왔을 때 인정하고 가만히 바라보는 시간은 어떠한가? 나의 주치의는 말했다. 내가 감성적이고 자주 슬프며 두려움에 떠는 것도 내가 타고난 기질이자 성격이라고. 나는 그의 말을 서서히 이해하기 시작했고 이런 날 받아들일 준비가 서서히 되어간다.

자연

　찬바람이 분다. 어느 때보다 지루했던 여름이 서서히 물러간다. 가을이 오면 유독 하늘을 자주 올려보게 된다. '어제보다 오늘이 더 높아졌나, 구름은 얼마나 뭉게뭉게 피어 있나.' 자연 앞에서는 그저 받아들이고 납작 엎드려 적응해야 할 뿐이다. 자연스러움이 좋다고 했던 당신 생각이 났다. 대화도 모습도, 관계도 억지스럽다면 불편하기 마련이라고 자연스러움을 예찬했다. '자연', 정말 자연스럽기 위한 방법은 따로 없는 것 같았다. 그대로 두면 그것이 자연이니까. 그대로 두니 여름도 지나가고 꽤 선선한 바람도 불어오니 말이다. 그대로 둬 보기로 했다. 내가 겪고 있는 모든 일들과 복잡다단한 관계들을. 그리고 내가 바라는 인연들을. 문득 가을이 찾아오듯 또 그런대로 자연히 변화할 것을 나는 안다.

무기력은 나를 삼키고 공허함은 나를 뱉는다

    누구에게나 그런 순간은 종종 찾아온다. 저 밑바닥까지 침전하는 기분을 느끼며 모든 것과의 소통을 단절하는 그런 순간. 하고자 했던 계획들은 그대로 멈춰버리고 오로지 나의 감정과 의식에만 초점을 둔다. '난 뭘 할 때 편안했었나?' 이럴 때는 어떤 행동을 해야 하는지, 이제쯤 알지 않을까? 하며 뒤죽박죽 섞인 뇌의 지나간 자리를 짚어본다. 좋아하는 영화, 그리고 음악. 가만히 천장을 보는 일. 그림을 그리고 색 입히기, 반신욕하기. 떠오르는 건 수십 가지인데 아무것도 할 수가 없다. 무기력은 나를 삼키고, 공허함은 나를 내뱉어버렸다. 거짓말을 못하는 나는 글씨체에서도 감정이 읽히니 이것은 기쁜 일인가 슬픈 일인가. 내가 '나'여서 충분한 날은 오긴 오는 것일까.

밤의 끄트머리에서

매일 매일이 작지만 거침없는 도전처럼 느껴진다. 해가 뉘엿뉘엿 질쯤이면 오늘 하루를 잘 살아냈는지, 버티느라 힘겨웠던 순간은 얼마나 잘 참아냈는지 하루를 반추한다. 시간은 언제나처럼 밀려오지만, 똑같은 날은 다시 오지 않는다. 새로운 도전이고 경험이다. 밤의 끄트머리에서 깨닫는 한 가지, 모든 것이 끝났다고 생각되는 그 순간에 또 다른 일이 시작되고 있다는 것이다. 달이 뜨면 해는 차오르고 있었고, 나는 내일을 위해 달에게 밤을 내주어야만 했다. 어디 매일이 완벽할 수 있는가. 어떤 날은 분노에 쌓여 상스러운 욕을 낮게 내뱉을 수도 있고, 또 어떤 날은 금방이라도 흘러내릴 것 같은 눈물을 남 앞에 보이기 싫어 꾸역꾸역 삼킬 수도 있다. 오늘 하루 어땠냐는 당신의 질문에 나는 무사히 잘 보냈다고 말끝을 흐리면서, 나름 용기내야 했던 일과 자존심 구겨야 했던 순간 등을 떠올렸다.

감정 나누기

　힘든 이야기를 하면 내 어두운 감정을 나눠 갖는 것 같아 언젠가부터 입을 다물었다. 말해봤자 해결되지 않는 이야기들은 차라리 나만 아는 것이 낫다고 생각했다. 누군가 내게 물어왔다. "힘들 때 누구에게 이야기하세요? 힘들면 어떻게 하시나요?" 나의 유일한 탈출구는 이 작은 종이 한 바닥이었다. 때로는 쓰면서 마음을 정리하고, 쓰면서 의지를 다지기도 했다. 유일하게 아무 말 없이 편견과 평가 없이 가만히 들어주는 곳이기도 했다. 그런데 오늘은 방황하는 마음을 잡을 길이 없어 용기와 실례를 무릅쓰고 오래 묵은 이야기를 터놓았다. 다 쏟아내고 나니 후련하기도 하고 괜히 죄송하기도 했는데, "얼마나 속상하고 마음 아프시겠어요. 선생님. 가끔은 멀리 도망쳐요. 끓어오르는 분노는 소리치고 토해내요"라고 돌아오는 말씀에 연신 고개를 끄덕였다. 이 시간들 참 아프게도 지나간다.

내면의 이미지화

차라리 마주하는 편이 낫다. 오랜 시간 나는 겁이 나서 또는 그나마 가진 작은 것들이 산산조각 나버릴까 뒤로 숨었다. 가까운 사람이나, 나 자신에 대한 이야기는 자칫 누워서 얼굴에 침 뱉는 꼴이 될까 입 밖에 낼 수조차 없었다. 혼자 걷고, 혼자 울고, 혼자 다독여온 시간에서 걸어 나와 하나하나 마주하기 시작했다. 생각만큼 무섭지는 않았다. 그동안 머릿속에서 그린 괴물의 크기가 외면해온 시간만큼 커져있었을 뿐, 실체는 영락없이 작고 힘없었다. 오히려 떳떳하고 바르게 살아온 만큼 내가 더 크고 단단해져 있었다. 내가 만든 괴물에게 잡아먹히지 말자. 그것은 나를 위협할 만큼 힘이 세지도 않으니까 자꾸 도망치고 외면하면 괜찮아지는 것이 아니라, 잠깐 시간을 버는 것뿐이다. 마주하며 살자. 쳐다봐야 질타도 용서도 할 수 있다.

거리가 약이다

불편하면 왕래가 적어지기 마련이다. 누구 하나의 잘못이 아니라, 원래 성질이 다른 물과 기름이 만난 것일 뿐이다. 그렇게 생각해야만 나를 지킬 수 있고 상대를 덜 미워할 수 있다. 내가 할 수 있는 일은 서서히 자리를 피하는 것, 생각이 덜 나도록 머릿속에서 지워버리는 것이다. 그러고 보면 시간이 약이라는 말보다 <거리가 약이다>라는 말이 나에게는 더 와닿는다. 가끔은 너무 많은 것들에 거리를 두고 있어 외딴섬이 되어버리지만, 이 섬에 힘겹게 찾아오는 발걸음이 그래서 더욱 값지다. 요즘은 나를 더욱 구석으로 내몬다. 물리기 전에 물어버리고, 거절당하기 전에 모든 걸 내쳐버린다. 나조차도 설 땅이 없는 외딴섬이 무인도가 되려한다. 이런 내가 나는 마음에 드는가? 엄청난 결핍의 표식인가?

까만 양심

양심에 어긋나는 일은 그 누가 질타하지 않아도 자기 마음속에 가장 큰 죄의식으로 남아있다고 믿는다. 아닌 척 하지만 아마 자기 자신이 가장 잘 알고 있을 것이다. 이기적인 망각으로 잊으려 해도 내 양심에 까맣게 타오른 일은 오래도록 기억에 남는다. 초등학교 때 문방구에서 사탕을 훔친 일, 엄마 지갑을 뒤진 일, 뻔히 보이는 일을 얼굴색 바꿔가며 거짓말 한 일처럼, 나 스스로에게 실망한 일들이 가끔 나를 괴롭힌다. 양심은 눈에 보이지 않는 것이지만 그것 자체로 큰 형벌이 되는 것이다. 까만 양심을 하얗게 지워가려면 당사자에게 고백하고 사죄를 받는 것이다. 그럴 수 없다면 자기 자신에게라도 솔직해져야 한다. 나를 속이는 일은 더 까만 시궁창의 양심을 만드는 일임을 잊지 말아야 한다.

가면

　보이는 것만 보지 말아야 한다. 보이지 않는 것을 보려 할 때 우리의 생각은 더 넓어진다. 듣는 것 역시 마찬가지다. 들리는 것만 곧이곧대로 듣고, 듣고 싶은 대로 듣는 것은 위험하다. "사람은 객관적인 진실을 받아들일 수 있는가?" 얼핏 보면 당연한 질문이지만, 대부분의 사람은 객관적 진실보다 자기가 보고 들은 것만을 믿는다. 나 역시 마찬가지다. 그래서 더욱 염려하고자 애쓴다. 자칫 의심병을 초래할지라도 이면의 것을 놓치지 않으려 하다 보면 생각보다 이해할 수 있는 것도 많아진다. 과도하게 밝고 붙임성 좋은 너의 모습이 어두운 그림자를 감추기 위한 것임을 알면 편안히 긴장을 풀어줄 수 있을지도 모른다. 하나를 들었다고 그 사람의 열을 아는 것처럼 말을 옮겨서는 안 된다. 그 발 없는 말이 천 리, 만 리로 나아가 기정사실이 되어버린다면 그 책임은 어디에 있을까. 이면에 집중해야 할 시기다.

벙커가 필요한 순간

하기 싫은 일을 해야 할 때, 순간 나만의 벙커가 있다면 그 속에 숨어버리고 싶다. 책임져야 할 것들은 자꾸만 늘어나는데 정작 나는 내 몸 하나 건사하기도 힘이 든다. "하고 싶은 일만 하면서 살 수는 없다."라는 말을 유독 어리광이 심했던 어릴 때부터 자주 들었다. 어른이 되면 하기 싫은 일은 피하며 살 수 있을까 기대했는데, 오히려 내가 만든 험난한 일상 속에서 허우적거리고 있다. 분명 무언가를 얻기 위해서 인내해야 할 시간이 필요하다는 것을 알고 있다. 그 뒤에 다디단 열매인 '행복'이 얼마나 큰지도 알지만 더 이상 행복을 먼 뒤로 미루고 싶지 않다. 하고 싶은 일만 하면서 살 수는 없더라도, 하기 싫은 일은 융통성 있게 처리하거나 피할 수 있으면 좋겠다. <지금, 여기>에서 행복할 수 있기를 바란다.

가장 사랑하기 어려운 모습은 무엇인가요?

가진 것이 많을수록 그것을 잃게 될까 겁이 난다. 가진 것도 없는 내가 무얼 그렇게 겁내는지 온종일 두려움에 떨었다. 집도 차도 절도 없는 내게 잃어도 그만, 가져도 그만이라면 무엇이든 용기 내볼법한데 좀처럼 쉽지 않다. 누군가 나에게 물었다. "당신의 모습 중 가장 사랑하기 어려운 모습은 무엇인가요?" 질문을 듣자마자 다양한 상황들이 머리에 그려졌다. 시험지를 채점하다 틀린 문제를 누가 볼세라 동그라미 쳤던 적, 누군가를 헐뜯은 적 등 못난 모습들이 마구 머릿속을 채웠다. 오늘처럼 내가 나를 믿어주지 않는 모습, 타인의 기준에 맞추어 나를 평가했던 기억들은 소름 돋기까지 했다. 나를 사랑해야 용기와 믿음이 생기는 것인지, 아니면 용기를 가지고 굳게 믿어야만 나를 사랑할 수 있는 것인지 궁금했다. 무엇이든 먼저 시작해야 하는 것만큼은 틀림없다.

누구에게나 공평한 것

　세상 모든 사람들에게 유일하게 공평한 것은 바로 '시간'이다. 억만장자라고 하루를 48시간 쓸 수 없다. 그렇게 주어진 시간은 누구에게나 같다고 생각했는데 가끔은 우리의 심적 상태에 따라 체감하는 시간의 길이가 크게 다를 수 있다는 점이 묘했다. 물리적으로 같은 5분이 심리적으로 누군가에게 5초로, 또 누군가에게 50분으로 다가오는 것이다. 가령 8시 출발 기차를 타야 하는데 지금 시각은 7시 55분, 꽉 막힌 도로에 서 있다면 그때 내가 느끼는 5분은 어떨까. 손에 땀이 나서 아랫배가 아파 올 지도 모르겠다. 반대로 도통 줄어들지 않는 시간은 어떤가. 아무리 잠금 화면을 들여다봐도 같은 시간, 제자리는 괜히 나를 더 애태운다. 누구에게나 같지만, 누구에게나 다른 시간 속에 살아가는 우리. 시간까지 지배할 수 있다면 얼마나 좋을까.

하류지향

문득 두려울 때가 있는 것이다. 막연하기만 해서 어떤 계획조차 세우기 곤란한 처지다. 하고 싶은 것으로 내 시간을 꽉꽉 밀도 있게 채워나가면 망망대해, 수심 깊은 불안 속에 던져져도 수면 위로 떠오를 것이라 믿었다. 나의 믿음은 실낱같은 희망과 같아서 그 올이 풀려버릴 때가 잦았다. 소매 끝에 풀린 올처럼 한 번 잡아당기면 가위로 끊어내기 전까지 속수무책인 나의 '자신감'과 나에 대한 믿음이 밤을 괴롭힌다. 숱하게 사탕 발린 말을 듣기도, 뱉기도 했다. '너 정말 잘하고 있어. 서툴고 느려도 괜찮아. 터널에는 끝이 있어. 세상 모든 일은 너에게 유리하게 흘러가고 있어'와 같은 말들. 그런데 오늘 같은 날은 그게 그렇게 궁금한 것이다. "나 진짜 잘 하고 있다 생각하니? 서툴고 느린데 정말 문제 없을까?" 그런데 또 답하고 싶은 것이다. "좀 계속 못하면 뭐, 하류지향이 그렇게 나쁜 거니?"

우리 누나가 너무 좋아

오늘 친구와 대화를 나누던 중 가슴 저릿하고 묵직한 순간이 있었다. "나는 우리 누나가 너무 좋아."라며 가족여행에서 누나가 찍어준 사진을 친구는 내게 보여줬다. "누나가 왜 좋아?"라는 어리석은 내 질문에 "왜라고 하면 글쎄, 그냥 난 우리 누나가 너무 좋다는 말밖에 할 수 없네"라며 끝을 흐렸다. 나에게는 남동생이 있다. 그래서 자연스레 내 동생이 떠올랐다. 동생은 다른 사람에게 나와의 관계를 어떻게 표현할까. 그 전에 말로 표현하지 않지만 그 속마음은 어떨까 궁금해졌다. 칭찬 중에도 정말 진솔한 칭찬은 당사자가 없는 곳에서 오간다. 물론 당사자에게 직접 전하면 더할 나위 없겠지만 말이다. 누군가의 누나인 내게 친구가 자신의 누나를 칭찬하니 요즘 들어 많이 멀어진 동생이 생각나 가슴이 저릿했다. 추운데 따뜻하게 지내는지, 마음은 좀 괜찮은지 묻고 싶었다.

바람이 다시 불어올 날

　사실 이 세계 속에서 나란 존재는 너무도 미미해서 굳이 나를 포장하지 않아도 크게 거슬릴 일이란 없다. 쉽게 변하지 않는 것이 사람이어서 본래 내 속에 있는 낮은 자존감, 비교, 인정욕구를 하루아침에 버릴 수 없다는 걸 안다. 아무리 각자의 주어진 길이 다르다 해도, 또 인생은 속도가 아니라 방향이라 하여도, 여전히 갈 길 몰라 하고 주변만 두리번거리는 내 얼굴에서 표정을 찾기란 어렵다. 시간의 밀도는 날이 갈수록 흐물거리고 이렇게 벽에 갇힌 날은 그저 바람이 다시 불어올 날을 기다릴 뿐이다. 이따금 시간을 멈추고 숨어버리고 싶은 하루는 누구에게나 있는 것이라 글 몇 자에 마음을 털어놓으면 그래도 내일은 오늘보다 나을 거라 기대한다. 다들 괜찮은 듯 보여도 나름의 고민으로 남들보다 더 깜깜한 밤을 보내는 한때가 있듯이 괜히 오늘은 달이 더 밝게 나를 비춘다.

사랑 받은 티

    말에도 힘이 있어서 좋은 말로 가꾼 화분은 빨리 건강하게 자라고, 욕이나 부정적인 말로 가꾼 화분은 쉽게 죽는다고 했었다. 내가 뱉는 말만큼 내가 듣고 보는 말의 중요성을 체감한다. 밝고 긍정적인 사람들 사이에서 보여지는 내 모습은 가끔 나 스스로도 낯설다. 그리고 그들이 부러울 때도 있었다. '와, 저 아이는 어찌 저리 밝을 수 있을까. 어떻게 저리도 여유 있고 긍정적일까?' 그러다 시간이 흐르면 서서히 그들 모습에 동화된 내가 보이기도 한다. 그래서 왜 환경이 중요하다 강조하는지, 왜 좋은 것만 듣고 보려 노력하고 그런 사람들을 곁에 많이 두라는지 이해하게 되었다. 문득 찾아드는 허무와 무기력은 숨겨놓고 혼자 꺼내본다. 나도 누군가가 찾는 '즐거운 사람'이고 싶은 밤이다.

돌팔이

다들 한 발자국씩 발을 내딛고 걸어가는데 나는 갯벌에 두 발 묶인 듯 먼저 간 사람들 뒷모습만 바라보고 있다. '저마다의 길이 있겠지'와 같은 정신승리의 말들은 내성 생긴 약처럼 내 불안에 더 이상 도움 되지 않는다. '정말 노력이 부족했을까. 조금 더 열심히 했다면 지금의 나와 달랐을까.' 지나간 시간 앞에 힘없는 질문의 꼬리만 길어진다. 한때 뻔질나게 드나들던 점집에서 "이번 해에 반드시 성공하실 거예요. 대운이 들어왔습니다. 만약 이번에 안 되면 이제 저한테 오지 마세요."라는 확신에 찬 예언을 들었다. 그리고 더 이상 그 점집을 찾지 못하게 됐다. 엉터리는 누구였을까? 그 점쟁이가 돌팔이였을까. 아니면 한낱 타인에 불과한, 이름도 성도 모르는 사람에게서 잘 될 거라는 말에 마음 놓았던 내가 인생의 돌팔이였을까. 점치고 싶었던 것은 앞날이 아닌 무기력한 현재가 아니었을까. 듣고 싶은 말이 있어 그것을 들으러 간 내 모습이 생각난다.

성장통

 '아, 여태껏 잘못 살아왔구나.' 내가 믿었던 신념이나 가치관은 높이 세울수록 뾰족한 창이 되어 나를 찔렀다. 혼란스러운 시간 속에 허우적거렸다. 여전히 어떻게 살아야 할지 모르겠다. 크게 의심하지 않고 사람을 잘 믿는 성향과 타인에게 상처가 될까 배려하고 신경 쓰는 쫄보 마음의 합작품으로 오늘의 내가 되었다. 삶은 어렵다가도 쉬워서 얕봤다가 또 큰코다치게 어려운 것이다. 아마 어려움과 쉬움의 반복 속에서 나이 들어갈 것이다. 이것 역시 성장통이라 이렇게 아프구나. 입이 커지려고 입가가 찢어지고, 키가 크려고 밤새 다리 아파 끙끙댔듯이. 마음이 커지려고 이렇게 밤잠을 설치는구나 싶다. 친절과 사랑은 만만함으로 비춰지고 배려는 칼을 꽂으라고 내어준 생살과 같았으니 어리석은 건 바로 '너'라고 세상은 말한다. '너보다 내가 더 중요해'라는 마음으로, 정말 지켜야 하는 것이 무엇인지 아는 것부터 시작이다.

시간기차

시간을 좀 두면 괜찮아지는 것들이 있다. 문지방에 새끼발가락을 세게 찧으면 그 찰나에는 얼마나 아픈가. 소리를 지를 수 없을 정도로 아파서 발가락을 움켜쥐고 아픈 감각을 받아들이며 1-2분이 지나면 조금씩 나아진다. 그 후, 한 시간만 지나도 그런 일이 있었냐는 듯 새끼발가락을 잊어버린다. 새끼발가락 같은 존재가 주변에 있었나 보다. 있을 때는 몰랐는데 다치고 나니 그것만 도드라진다. 필요한 건 시간이었다. 어리석게도 지나고 나서야 깨우친 일이지만, 아픔을 외면하지 않고 '아, 슬프다. 마음이 아프네.' 하면서 시간을 밀어서 보내버리니까 이제는 좀 낫다. 웃으며 이야기할 수 있는 날은 희한하게도 다 찾아온다. 덧없는 것 같다가도 하나하나가 나를 이루며 성숙하게 만드는 것이니. 온몸으로 느끼는 수밖에 없다. 억울해하지 말아라. 시간기차에 담아 보내야 한다.

씨앗 심기

어떻게든 살아지는 게 인생인데, 그토록 겁이 나서 망설였던 나는 시간을 허탕쳐버렸다. 또 어떻게든 사라지는 게 인생인데 무엇이 두려워 줄어드는 시간 앞에 울기만 했을까. 모든 것은 내 머릿속 생각으로 만들어졌다. '홀로서기는 어려울 거야. 내가 잘 할 수 있을까?' 또는 '네가 정말 그 정도 능력이 된다고 생각하니? 너 스스로를 감당할 수 있겠니? 안 하느니 못한 일은 시작조차 말아야지.' 결국 나를 막아서는 건 돈도 부모님도 아닌 나 자신이었다. 허락하지 않는 건 나 스스로였다. 생각에 갇혀 살면 '나'는 '나'를 적대시하게 된다. 몸을 움직여야 한다. 생각이 내 몸의 움직임을 잠식하기 전에 어서 움직여버려야 한다. 후회는 그 다음이다. 일이 일어나야 변화가 생기니 말이다. 바람이 불어야 잔디가 눕든 서든 흔들리든 할 것 아닌가. 씨앗을 심어야 싹을 틔우든, 뿌리가 썩든 할 것 아닌가.

운명론

　때로는 내 의지인 것 같다가도, 때로는 운명대로 흘러가는 것 같아 흥미롭다. 보고 싶을 때 볼 수 있고, 만나고 싶을 때 전화할 수 있는 사이가 될 거라고는 생각하지 못 했다. 어떻게든 이어져보려 노력했을 땐 두 발 더 뒤로 물러났고, 마음을 놓고 거리를 두려하니 어느새 가까워져 있었다. 운명론자에 가까운 나의 성향 탓인지도 모르겠다. 인생에 크나큰 영향을 미치는 사건들 그리고 관계 지어진 중요한 사람들은 어쩌면 이유가 있었기에 모두 나타난 것은 아닐까. 겨우 열세 살짜리가 어쩌지 못할 어려운 상황을 두고 내세운 방어기제란 '운명론'이라는 합리화였다. '원래 일어날 일이었어. 어차피 떠나갈 사람이었던 거야. 괜찮아.' 바꾸려는 의지보다 수긍해버릴 의지에 힘을 더 실을 수밖에 없던 나에게 인내심이라는 꽃은 피었지만 내려놓음의 단념과 무던함은 못다 핀 열매로 남았다. 자유의지를 가진 나에게 '운명'이라는 구닥다리 방어책은 빨리 닳아 쓸모없어지면 좋으련만.

마음이 심란할 때는 방정리부터

정리가 필요한 건 확실하다. 어질러진 책장과 읽다만 책들로 점령당한 침대까지. 명심해야 했던 말은 돌고 돌아 내 인생을 날카롭게 찌른다. <내가 생활하는 장소의 정리 상태를 보면 그 사람의 마음속, 머릿속 정리 상태를 알 수 있다.> 돌아보면 예민하고 속 시끄러운 날이면 가구의 위치를 바꾸거나 괜히 버릴 것이 없는지 방을 뒤적였다. 머릿속 생각을 뒤엎어 마음대로 버릴 수가 없어서 나름 내 소유 물건이라도 어찌하려 했나보다. 한 사람의 생활방식과 습관은 그의 내면과도 참 많이 맞닿아있다. 난 지금 내 삶을 잘 통제하며 관리하고 있는가? 단박에 예라고 답을 할 수 없다. 어질러진 방을 보면서 그리고 통제력 잃은 마음의 화살을 보면서 말이다. 정리 없는 삶은 없다. 다만 정리란, 어질러져 있어야 시작된다는 것은 분명하다. 어지러워진 방도 괜찮다.

늘어나는 아집과 줄어드는 아량

저마다 믿고 싶은 대로 믿고 보고 싶은 것만 본다. 진실이나 사실 관계 따위는 크게 중요하지 않다. 그것보다 기분이나 감정에 따라 해석한 결과가 중요했다. 왜 나이가 들수록 아집만 늘어나고, 아량은 좁아지는가. 왜 늘어야 할 것은 줄기만 하고, 줄어야만 하는 것은 시종일관 늘어나기만 하는가. 수많은 가치관 속에서 진정한 내 가치를 잃어간다. 해를 거듭할수록 물리적인 시간은 더 없이 빠르게 흘러가고, 나는 제대로 가고 있는 것인지. 대체 목적지는 어디인지 혼란 속에 정체되어 있다. 기준도 정답도 없는 것이 삶이라지만 내가 지금 이 순간에 만족하는가 묻는다면 대체 몇 점을 줄 수 있나. 핵심은 '만족'보다 '지금 이 순간'에 있는 것임에도 앞서가기를 좋아하는 내 생각은 이미 가거나 미래에서 사서 걱정을 한다. 못 버릴 아집이라면, 지금 이 순간에 대한 아집이나 잔뜩 부리자.

마음이 동하면

안 맞는 걸 알면서 억지로 끼워 맞추려다 보니 상처가 나고 아픈 것이다. 짜증과 무관심만 남은 지금 우리는 마치 관계연속 중독증에라도 걸린 것처럼 꾸역꾸역 시간과 정성을 좀먹는다. 누구 하나 쉬이 먼저 끊어내지 못하는 모습에서 '자식 때문에 산다.'라고 말하는 우리네 부모님의 무책임도 보인다. 탓을 하고 싶은 거겠지.

어떤 이유에서건 유지해야 할 것들이 늘어나는 게 좋지만은 않다. '자유'와 '유지'는 반대 방향으로 달리는 우리 둘의 모습 같기도 하다. 결단이 어려울까, 행동이 어려울까? 마음먹기에 달렸다는데 그럼 마음만 먹으면 행동은 절로 쉽게 따라오는 것인가. 아니 '말보다 행동'이라는 말에서는 아무리 수천 번 마음먹어도 행하지 않으면 끝인 듯 보인다.

예전에 누가 "아프다, 아프다" 말하면서도 병원에 가지 않는 걸 보고 "너 덜 아픈가 보네"라고 한 적이 있다. 진짜 아프면 뒤도 안 보고 병원으로 달려갔을 테니까. 그만큼 마음이 동하면 이미 몸은 움직이니까. 난 아직 마음이 동하지 않은 것일까.

무기력

무기력이 나를 삼킬 때, 끝없이 수면 아래로 가라앉는 내 모습을 상상한다. 일주일에 세 번, 수영을 배우러 가면 할 수 있는 한 오래 숨을 참고 하늘색 타일 바닥을 멍하니 보고 있다. 그러다 눈도 감아버리면 턱 끝까지 쫓아오는 숨에 정신이 번쩍 든다. 무기력이 금세 달아나버리는 것이다. 모순적이게도 살아있음은 죽음의 순간에 느껴진다. 지나가는 말로 친구는 "살기 싫다, 죽고 싶다"고 했다. 그리고 다음 날 가족의 부고 소식을 접했다. 표어처럼 유행한 문구가 생각났다. <당신이 져버릴 하루는 누군가 애타게 살고 싶어 했을 하루입니다.> 과연 그럴까. 너는 너고 나는 나인데, 나의 무기력한 인생에서 하루를 가져가라 내던지면 막상 하루하루가 간절한 그 사람도 거절할지 모른다. 그 사람이 애타게 부르짖는 그 하루도 결국 자기가 만들어 온 이야기 속의 하루이지, 남의 것이 아니니 말이다.

시간은 가는 것이 아니라 오는 것

　나에게 주어진 시간은 '가는 것'이지 결코 '오는 것'이 아
니다. 흘려보내고 나면 다시는 찾을 수 없다. 당신은 말했
다. "눈이 맑을 때 실컷 비워두거라. 젊음이 머무는 동안
괴로워하며 탐구해야 한다." 시야가 좁아지고, 내가 축적해
온 고집의 벽이 아집으로 굳어버리기 전에 많이 경험하고
체험하며 나누어야 한다. 가장 좋은 체험은 나 아닌 다른
것을 보고 듣고 만지며 공유하는 것이다. 같은 것이어도 A
와 B가 보이는 반응은 다를 수 있으니 그것만으로도 난 참
많이 배울 수 있을 것이다. 가끔 스스로 바보 같은 선택을
할 때, 나무라기보다는 왜 그런 선택을 했는지에 대한 이유
를 찾아보는데 주력해야 한다. 나 혼자 종일 생각하는 일은
결국 같은 자리를 맴도는 꼴이니 다른 길 하나, 문 하나 만
들어 줄 대화 상대와 이야기하며 탐구하는 것이 좋다. 괴롭
지만 그렇게 걷다 보면 스스로 대견할 날도 오지 않겠는가.

각자의 기억

당신은 자신의 기억을 얼마나 믿고 있는가. 사실은 그때 일어난 일의 진실은 중요하지 않다. 내가 그 사건을 어떻게 받아들였고, 어떤 부분에 집중했는가가 중요하다. 일례로 선생님은 말씀하셨다. "부모님은 나의 어린 시절 늘 학대하셨고 나를 방치했어요."라고 하는 사람이 있는데, 그의 부모님을 직접 만나 이야기 나누어 보면 실제로는 자식을 많이 아끼고 사랑했으며 즐거운 기억도 많았다고 하시는 분들이라고. 둘 중 한 쪽이 거짓을 말하는 것인가? 그렇지 않다. 자신에게 유리한 방향으로 우리가 기억을 선택한 결과다. 사실 또는 진실은 저 너머 시간 속에 영원히 잠들어 버렸다. 깨울 수도, 깨울 필요도 없다. 이야기는 새로 쓰일 수 있다. 새로 쓰면 된다. 분명 좋았던 기억, 있는 그대로 받아들여진 기억, 울고 있을 때 곁에서 누가 날 안아준 기억, 화목했던 기억이 남아있을 것이다. 그 기억을 선택해서 이야기를 다시 쓸 시간이다.

시궁창을 벗어나지 못하는 우리

내가 지금 이 시궁창에서 벗어나지 못하는 이유를 고민해보라 하셨다. 아마 자의적인 이유일 수도 있고 타의적인 이유일 수도 있다고 했다. 분명 어떤 방법으로든 벗어날 수는 있지만, 답답해 하고 화가 나면서도 결국 제자리에 돌아오는 이유, 그것에 대해 생각해보는 시간이 숙제였다.

도무지 알 수 없었다. 단순히 '돈'이라고는 말했지만 이건 스스로도 잘 설득되지 않는 이유였다. 아, 어쩌면 좋은 건 알지만 몰라서 무서운 세상보다 시궁창이어도 다 아니까 뻔한 이 불행이 편안하다고 느껴서는 아닐까.

어느 알콜중독자의 아내는 그 집안의 가장이 되어 자식을 다 키워내고 평생 남편 수발을 들었다. 어느 날, 그녀의 남편이 술로 병을 얻어 세상을 등지니, 주변에서 모두 이제 편히 살아라 응원했다. 그녀는 새 사람을 만나 가정을 꾸렸다. 그리고 또 알콜중독자인 새 남편의 시중을 들었다. 좋

은 남자가 알콜중독자로 변했냐고? 아니다. 그녀는 평생
봐왔던 그것. 불행해도 해봤기에 다 아는 그 뻔함을 선택한
것이다. 나 역시 그 뻔함을 스스로 선택하고 있으니 누굴
탓할 수도 없는 노릇이다.

HOW를 지우세요

"언제나 무언가를 선택해야 하는 건 아니란다."

가운뎃길을 걷지 못하는 나의 오래된 비틀거림을 그는 눈치채고 있었다. 초조함을 잘 견디지 못해서 섣부르게 결정을 내리고 관계 안에서 잠시 찾아든 휴지기가 두려워 먼저 침묵을 깨는 나에게 필요한 말이었다.

무언가 선택하지 않는 것도 한 가지 선택으로 다가오는데, 대체 선택하지 않음이란 어떤 상태를 말하는지 이해할 수 없었다. '어떻게 해야 하나요?', '아니, 그래서 이렇게 하면 되는 건가요?' 방법을 자꾸만 묻는 사람들. 나 역시 그들 중 하나다.

인간은 참 간사하다. 모르면 불안하고 남 탓을 해야 덜 불안하므로 자꾸만 묻나보다. "HOW를 머릿속에서 지우세요." 태어나서 가장 어려운 숙제를 받았다. 일단 적어

보기로 했다. 무수한 선택지들, 합격과 불합격 사이에는 시험 준비 과정 기간이라는 것도 있다는 것을 아는 것. 사랑과 증오 사이에는 셀 수도 없이 수많은 감정이 있다는 것. 결혼과 이혼 사이에도, 행복과 불행 사이에도, 가는 것과 멈춤 사이에도 늘 중간은 있다는 것.

애도의 시간은 누구에게나 필요하다

　사랑이 나간 자리를 사랑으로 메우려 한다. 과연 제대로 그 구멍이 메워질까? 오래 키운 강아지가 영영 떠났을 때 금세 다른 강아지를 데려오라 한다. 그 구멍, 공백이 너무도 참기 힘드니 하는 말들이다. 그런데 그것으로 괜찮아질까?

　예를 들어보자. 당신의 어머니가 돌아가시기 직전에 500원짜리 동전을 쥐어주시며 마지막 유물이니 오래 간직하며 당신이 보고 싶을 때마다 꺼내 보라 하셨다. 어머니가 돌아가신 후, 당신은 울적하거나 기쁠 때마다 그 동전을 꺼내보았다. 그러던 어느 날, 늘 가지고 있던 그 동전이 사라져 버렸다. 죄책감과 슬픔에 빠진 당신에게 누군가 그 동전과 똑같이 생긴 다른 500원 동전을 건넨다. "이걸 그 동전이라 생각하고 위안 삼아봐" 당신은 그것으로 위로가 될까?

잃어버린 어머니의 유물이 아닌 그 동전으로 그 허무를 채울 수 없다는 걸 모두가 안다. 사람도, 강아지도, 더 나아가 물건까지도 이별은 언제나 슬프고 무엇으로도 대체할 수 없음을 인지해야 한다.

자꾸 다른 것을 '같은 속성'이란 이유로 맞지 않는 구멍에 채워 넣으려 하니 더 마음만 지쳐갈 뿐이다. 애도의 시간은 누구에게나 필요하다.

내 삶의 연극

"당신은 무대 위에 서 있어요. 혼자서 연극을 하는 중인데요. 당신을 보기 위해 온 객석도 가득차 있어요. 자, 그런데 갑자기 술에 취한 취객이 깨진 소주병을 들고 무대 위로 난입했어요! 무대 위의 당신은 어떻게 할 것인가요?"

난 어떻게 반응했을까. 아마 잠시 벙쪄 있다가 도움을 요청했을 거라고 이야기하려는 찰나, 당신은 여러 가지 보기를 던져주었다. "첫째, 잠시 관객들에게 양해를 구하고 취객을 내려 보낸 후 다시 연극을 이어간다. 둘째, 마치 이 취객의 난동이 연극의 일부였던 것처럼 아무렇지 않은 척 함께 연기를 한다. 셋째, 무대 위의 취객을 어쩌지 못한 채, 당신은 그냥 그 무대를 떠나버린다. 이 가운데 당신은 어떤 선택을 하시겠어요?"

사실 이 질문은 인생에 찾아드는 여러 사건에 대처하

는 우리의 모습을 알기 위해 준비된 것이다. 연극은 당신의 흘러가는 인생이고, 취객은 시련, 고통, 위기에 해당한다. 첫 번째 선택을 한 당신은 트라우마로 인해 취객이 난동을 부리기 전처럼 연기를 할 수 없을 테고, 세 번째를 선택한 당신은 아마 자기 인생에서 도망가는 모습을 보일지도 모른다. 가장 좋은 대안은 두 번째이지만, 과연 그렇게 할 수 있는 사람은 몇이나 될까. 저 세 개의 보기가 아니라면 또 어떤 선택이 있을까.

비교의 위험성

다른 사람과 나를 비교할 때는 정말 신중해야 한다. 단순히 직업을 두고 비교하거나 경제적 소득, 취향, 몸매, 얼굴 등 단편적인 것을 극대화시켜 비교하는 것은 어쩌면 어리석은 짓일지도 모른다. 우리는 획일화된 교복에서 벗어나는 순간부터 자기만의 고유한 개성을 가진다. 그 속에서 인간관계, 정서적 문제, 자아 찾기 등 누구나 자기만의 문제와 직면한다. 이는 각자가 살아온 삶 속에서 빚어진 고유한 결과물인데, 단순히 내가 보겠다고 콕 짚은 단면만 가지고 비교하자면 애초에 성립이 불가능하다. 아마 머리로는 알 것이다. 다른 사람의 삶이 내 삶보다 더 낫지 않다는 것을. 그리고 내 삶 역시 다른 이들보다 더 특별할 것도 없다는 것을 말이다. 그러므로 시기, 질투, 원망에는 큰 의미가 없다. 의미는 더 나아지는 것에 있을 뿐이다. 어제보다 오늘 아주 조금이라도 나아지기 위해 목표를 조금 낮추고 인내하는 연습을 한다.

벙어리

가끔 꿀 먹은 벙어리가 된 것처럼 아무 것도 적을 수 없어서 괴롭다. 누가 나에게 오만방자하다고 하더라. 감사히 생각하고 갈고 닦아도 모자란데 재미로 글을 적고 있는 모양새를 보셨나 보다. 갖고 있는 걸 싫다며 나한테 없는 것을 내놓으라 하니. 그렇다고 어느 쪽으로든 뼈 빠지는 노력을 하는 것도 아니야. 이게 오만방자함이 아니면 무엇이겠는가. 고통이 곧 깨달음이다. 선과 악은 한 뿌리에서 나오는 것이다. 고통이 있어야 평온함의 소중함을 느낄 수 있고, 악함의 무시무시함을 알아야 '선'의 찬란함을 볼 수 있을 것이다. 인생은 홀로 걸어가는 수행자처럼 고독하지만 지독한 고행 끝에 잠시 맛보는 단술 한 모금에 위로 받는 것. 나는 어디까지 걸어왔나. 시작도 안 한 셈이라 두려움과 설렘이 교차한다. 책임감 있게 쓰고, 작업복 입은 일꾼처럼 성실히 나아가고 싶다.

미루기

우리가 일을 자꾸만 뒤로 미루는 이유는 아이러니하게
도 더 잘하기 위해서이다. 단순히 하기 싫어서 미루는 것처
럼 보이지만 사실 완벽하게 실수 없이 잘하고 싶어서 그 기
회를 자꾸 뒤로 미루는 것이다.

일이나 공부의 효율이 가장 높을 때는 곧 바로 닥쳐있을
때라고 한다. 주어진 시간은 얼마 남지 않았고 해내야 할
것은 산더미일 때 가끔 초인적인 힘이 나오는데 이 역시 막
바지가 되어서도 잘 하고자 하는 의욕일 것이다.

그렇다고 미루는 것이 좋은 행동만은 아니다. 미루고 미
룰수록 시간에게 내어준 자리에 '불안'이 들어와 차지해버
린다. '잘하고 싶은데. 아, 시간이 없네. 어떡하지. 못하면
큰일인데. 잘해야 하는데.' 그와 동시에 메모장에 계획을
다시 짜기 시작한다. 누가 봐도 하루 안에 다 못 지킬 계획
을 말이다. 그리고 또 다 못 지킨 계획 앞에 죄책감과 불안

을 느끼며 일단 잠에 들고 내일이 된다.

이 악순환의 고리를 끊는 방법은 가장 쉬운 계획 하나를 정해 꼭 지켜보는 것이다. 작은 계획의 실천이 커다란 성공의 경험이 되어 자신감을 북돋아 앞으로 나아가게 할 것이다.

안타까운

평가의 덫

정혜신 선생님의 <당신이 옳다> 는 말한다. '충고, 조언, 평가 ,판단'은 하지 않는 것이 좋으니 타인을 있는 그대로 수용하고 존중해야 한다고.

한동안 앞글자를 딴 '충조평판, 충조평판, 충조평판'을 중얼거리며 다녔다. 어차피 인간은 성인이 지나면 참 바뀌기 힘들다. 혹시 받아들이기 어려워도 결국 그것이 사실인 걸 어쩔 수 없다. 성인은 자신을 바꾸기 위해 어린아이 보다 열 배 이상의 시간을 들여야 하니 말이다. 그러니 변할 수 없는 타인에게 애써 충고하거나 조언, 평가, 판단하는 일은 밑 빠진 독에 물 붓기처럼 느껴진다.

잘 생각해보면 충고, 조언, 평가, 판단할 때의 마음에는 내 욕심이 가득 찬 경우가 많다. 내 눈에 편하고, 내 귀에 편하고, 내 마음 편하고자 하는 말들이니 말이다. 그래서 타인의 부족한 점이 눈에 들어올 때마다 내가 아직 많이 모자란 사람이란 생각을 한다.

　이 세상 모든 부류의 사람을 품고 이해할 수 있을 거라는 생각은 애초에 없었다. 그런데 한 사람의 단적인 모습만 보고 '쟤는 왜 저럴까, 도통 이해가 안 가네.'라며 마음에 화가 치미는 날 보면 한심하기 짝이 없다. 사실 나한테 큰 피해를 준 것도 없는데 나와 생각이 다르다는 이유로 얼마나 많은 사람을 미워하며 지냈었나. 지나고 보면 다 부질없는 감정소모라는 것을 알면서 나는 왜 여전히 마음속에 화가 많을까. 그토록 싫어하다가도 어떤 찰나의 계기로 그 사람의 좋은 면을 알게 되면 죄책감에 시달릴 때도 있다.

　'평가', 늘 이것이 말썽이다. '평가의 덫'에 빠지지 말자. 좋아하지도 싫어하지도 말고 있는 그대로를 인정하자. 어떤 감정도 싣지 않으려 노력하자. 나도 부족한 것 투성이인

걸. 누가 누구를 평가할 수 있나. 평가의 덫을 언제나 조심
하자.

신발과 안경

내 발에 맞지 않는 신발을 신고 한참을 걸어온 기분이다. 조금 편하게 신어도 될 걸, 굳이 작은 사이즈의 신발에 발을 욱여넣고 다녔다. 오래 알고 지낸 사이라 서로에게 무덤덤해졌을 뿐, 결코 편안한 사이가 아님을 알았다. 오랫동안 신고 다녀서 내 발에 맞다고 착각했던 그 작은 신발처럼 말이다.

인간이라는 하나의 개체를 완벽히 잘 안다는 것은 있을 수 없는 일이다. 물론 편안한 사이가 되기 위해 모든 것을 알 필요는 없다. 어쩌면 적당히 알고, 적당히 모르는 것이 더 우호적인 관계를 만들지도 모른다. 하지만 우리는 오래 알고 지낼수록 내가 그 사람을 정말 잘 알고 있다고 크게 착각한다. 그것은 내가 직접 내 손으로 만들어 쓴 색안경에 불과했다. 보고 싶은 대로 보고, 판단하며 가끔은 논리적이지 못한 내 모습을 나조차 받아들이기 힘들다. 이것은 감정에 휩쓸리는 것인가, 무논리의 사고

방식에 휩쓸리는 것인가.

　삶이 지속될수록 편안한 관계는 줄어들고 내 눈에 쓴 색
안경은 짙어져만 간다. 걷기 위해서는 편한 신발이 필요하
다. 내 발이 어떻게 생겼는지, 어떤 신발을 편해하는지 먼
저 봐야 한다. 멀리 가기 위해 안경은 벗어두고 편안한 신
발부터 찾아 신어야겠다.

유서 쓰기

   몇 명이 모여서 유서를 썼다. 당장 죽음의 순간이 내 인생 어디쯤 와있을지 모를 일이기에, 그러므로 오늘 하루가 더 소중함을 알기 위해 우리는 그것을 썼다. 순간의 소중함, 현재 곁에 있는 사람에 대한 소중함이 울컥울컥 쏟아져 나왔다. 유서라고 생각하니, 지금 내가 죽어서 이 유서를 처음 발견할 대상을 정해야 했다.

   신호등을 건너다 웬 음주운전자의 차에 치여 길거리에서 죽음을 맞이했다고 가정해보자. 그리 유쾌한 상상은 아니지만 절대 그럴 일은 없다고 단정 지을 수만도 없는 일이다. 가장 먼저 주변 행인들이 119로 전화를 해줄 것이다. 나는 가장 근처 응급실로 실려갈 것이고 동시에 우리 부모님과 가족들에게 연락이 갈 것이다. 이런저런 절차를 거쳐 장례도 끝나고 가족은 나의 짐을 정리할 때가 오겠지.

매일 들고 다니는 수첩을 열고 이 글을 발견할 때쯤에는 나의 영혼도 이 세상을 떠나고 없을지 몰라. 가족들이 이 글을 발견하면 또 얼마나 슬퍼질까 괜히 염려스럽기까지 할 것이다. '엄마, 아빠. 많이 놀랐지?'라고 첫 문장을 썼을 뿐인데 왈칵 눈물이 쏟아졌다.

우린 유서를 쓰면서 평소에는 많이 미워하고 소홀히 대하는 가족을 가장 많이 떠올린다. 미움과 사랑이 공존하는 모순의 장이 펼쳐진다. 난 오늘도 가족이 아닌 타인으로 인해 더 많이 웃고 설레기까지 하는데 왜 일생의 끝에서 가장 오래 떠올리게 되는 건 가족일까. 우린 너무 가까워서일까? 멀어지고 떨어질수록 서로를 아끼는 우리는 이제 점점 의도적인 거리를 둬야하는 것일까. 유서를 쓰면서 떠오르는 가족의 얼굴이 하나하나 선명하기만 하다.

애정의 욕구

　의미 없는 사람들로 그때그때의 공허함을 채우는 나에게 가장 필요한 말이 무엇이었을까. 사람이 떠나서 얻는 공허를 또다시 사람으로 채우니, 스스로 쳇바퀴에 올라 허덕이는 삶이라 생각했다. 누군가 나에게 말했다. "자꾸 의존하려 하면 안 돼. 잠시 쉬어가듯 기대는 것과 그 관계에 의존하고 내 삶의 무게를 가중시키는 것은 다른 거야. 이번에 너 혼자 이겨낼 수 있어야 다음번에 더 쉽게 이겨내고 건강해질 수 있어." 삶은 누군가와 공유되지 않고 이야기되지 않으면 의미 없는 거라 생각했다. 가족이든 친구든 떠들거나 쓰지 않고는 버티지 못하고 돌아오는 위로와 공감에 하루를 넘길 수 있는 거라고 말이다. 시간이 지나도 변하지 않는 것은 '애정 받고자 하는 욕구. 관심 받고자 하는 욕구'라고 하던 당신 생각이 난다. 나는 과연 버틸 수 있을까.

깊고 얕은

때 묻기 전이라 그랬을까. 오히려 용기가 샘솟았던 그때는 사람을 깊이 있게 만나고 마음 표현에도 거리낌이 없었다. 되려 쉽고 얕게 만나기를 두려워하고 그런 관계는 옳지 못하다고 판단했다. 10년 가까이 시간이 흐르고 지금의 나는 정반대의 사람이 되었다. 오히려 얕고 쉬운 관계가 더 편해진 반면, 깊이 있게 누군가 만나고 마음을 다 내보이는 일이 참 무섭고 두렵다. 지나온 시간만큼 용기는 줄었나 보다.

잃을게 많을수록 겁이 많아진다더니, 나는 대체 무얼 그리도 잃을 것이 두려운 것인가. 어쩌면 '학습된 공포'가 아닐까. 마음을 모두 내주었다가 상처로 돌아온 기억, 그것은 좀처럼 마음을 열 수 없게끔 만들었다. 거절당했던 기억, 진심이 받아들여지지 않았던 기억이 나를 겁쟁이로 만들었을까.

그럼에도 불구하고 내가 믿고 있는 것은 그 기억과 공포마저 깨부술 사람은 나타난다는 것. 누가 나의 세계에 뿅하고 나타나서 갑자기 무한 신뢰를 주는 것이 아니라, 내가 나를 갈고 닦다 보면 어떤 상대를 의심없이 사랑할 수 있을 거라는 믿음이다. 나를 갈고 닦음이란 계속 의심하고 질문을 던지는 과정이 필요하다. "네가 말한 진심은 무엇이니? 진심은 무얼 진심이라 그러니?", "깊고 얕게 만난다는 것의 기준은 뭐니?", "왜 거절했다고 생각하니?" 등 내가 갇혀있지 않으면, 어떤 세계를 향해 뚫고 나오는 순간 그때도 그랬듯, 평범한 어느 날 아무렇지 않게 뜨겁게 사랑할 누군가를 만날지도 모른다.

가볍든 무겁든, 깊든 얕든. 그게 뭐가 중요하겠는가.

채울 수 없는 결여

"이 세상에 없는 걸 찾으려 하니까 불행한 거야. 결여를 채울 수 있다고 생각하면 그게 병이 되는 거지." 외로움을 어쩌지 못해 타인을 찾아 헤매는 당신에게 말했다. 타인은 완전한 타인일 뿐이다. 목적을 위해 누군가와 관계를 맺는 순간, 그 끝은 이미 파국에 치달아 있을 것이다. 어쩔 수 없는 모순이기도 하다. 혼자서는 너무 외롭지만, 고독함 속에서 씩씩하게 자기 일을 해내는 힘이 생긴다. 반면 누군가 곁에서 진정 응원해주고, 더 사랑해주면 괜히 응석 부리고 싶고 의존하게 된다. 마치 넘어진 아이가 아무도 없을 때는 울지 않고 금세 일어나면서 옆에 보호자가 있을 땐 으앙- 울어버리는 것처럼 말이다. 어린 시절 그 버릇은 여전히 내 안에 남아있나 보다. 나의 결여를, 외로움을 타인에게서 채우려 하지 말아야 한다. 애초에 채울 수 없는 것임을 알아야 한다.

쳇바퀴

구분을 잘 해야 한다. 아무리 가까워도 남이 하는 일에 대해서 나는 '이래라, 저래라.' 할 권리가 없다는 것을 명심해야 한다. 당신이 어떤 옷을 입든, 어떤 언행을 하든, 어떤 향을 몸에 지니든 그것은 내가 상관할 바가 아니다. 있는 그대로 자유로울 수 있도록 내버려둬야 한다. 그 자유를 박탈할 권리도 없지만서도 그것은 동시에 폭력임을 인지해야 한다. 그렇기에 내 자유도 보장받을 수 있다. 이렇게 서로가 서로를 있는 그대로 받아들일 수 있다면 좋겠지만 만약 서로의 언행에 상처를 입거나, 서로의 향이 코를 찔러 숨을 쉬지 못하게 한다면 그땐 우린 어떡해야 할까. 이것이 내가 가진 인간관계의 쳇바퀴가 아니었을까. 젊은 혈기와 용기에 너를 바꾸려 애썼던 과거의 내 모습이 보인다. 그럴수록 멀어지던 우리는 어느덧 남이 되었다. 관계에서 가장 어렵다고 느끼는 단어 '거리두기' 그것은 아마 놓고 또 놓고 인정하고 욕심을 버릴 때 비로소 시작되나 보다.

빈말

  뱉은 말이 후회가 되어 집에 오는 길 내내 자책을 한 적이 있었다. 살면서 그런 경험은 누구나 있을 것이다. 말은 하지 않아서 후회보다 내뱉어서 후회인 경우가 더 많다. 나는 이미 떠나간 그 말을 왜 속상해 하는 것일까. 물론 거짓을 말하지는 않는다. 모두 참이야기만 한다. 거짓도 아닌데 후회하는 이유는 결국 '필요한 말이었을까'라는 기준에 걸러지지 못했기 때문이다. 하루에 대화든 문자든 우리는 너무나 많은 이야기를 나눈다. 그 속에 불필요한 말이 얼마나 많은가. 시답잖은 이야기라는 뜻이 아니라 그 상황에 그 말이 정말 필요했냐라는 말이다. 어쩌면 눈치의 문제가 아닐까 싶다. 또 시험에 낙방한 친구 앞에서 부모님이 낙하산으로 넣어줄 회사를 고르느라 스트레스라고 칭얼대던 네가 악의는 없었을 테니까. '참'을 이야기하는가? 그리고 '필요한 말이었을까?'를 돌아본다. 빈말을 하지 말아야지 하고 오늘도 다짐한다.

겉과 속

    유연하지 않음을 경계해야 한다. 자기만의 프레임을 타인에게 씌우고 옳다 그르다를 판단해서는 안 된다. 겉모습, 드러나는 것들로 사람을 볼 수밖에 없다. 아니라고 하지만 처음 받아들이는 정보는 어쨌든 외적인 것이니, 그것은 부인할 수 없는 사실이다. 그렇다고 그것이 전부가 되어서는 안 된다. 그리고 단정짓는 일도 위험하다. 단적인 예를 들어 '저 사람, 저 브랜드 옷을 저렇게 입네? 나랑 이야기가 잘 통하겠다.' 또는 '저 사람 저 브랜드 신발을 신고, 그 가수 음악을 듣네? 나랑 잘 맞겠다!'와 같은 상황이다. 물론 취향이 비슷하면 공통분모가 늘어나 대화 주제의 폭은 넓어질 것이다. 그러나 대화의 깊이는 어떨까? 취향 또는 외적 모습이 크게 개입할 수 있을까. 겪고 또 겪어도 모르는 것이 사람이거늘, 한낱 겉치장으로 한 사람을 다 알기엔 그것은 모두 순간의 찰나가 아닐까.

강단

　부드러운 강인함을 이야기했다. 누구에게나 부드럽고 친절하되 나를 함부로 대하지 못하도록 강인함을 가지는 것. 올해의 내가 겪어나가는 성장통이라 내년과 내후년의 내 모습이 기대가 된다. 나는 지금 이 성장통을 잘 이겨내 더 나은 사람이 될 수 있을까. 조금 덜 감정적이고 할 말은 꼭 하는 사람. 친절하지만 그 속에 강단이 있는 사람이 되고 싶다. 나보다 두 해 앞서서 이대로 실천하며 사는 당신을 보니 용기가 생겼다. "기대가 없어요. 깊이 친해지지 않으면 기대할 일이 없고 그러면 상처받을 일도 없어요. 그리고 절대 말을 놓지 않아요. 정말 깍듯이 예의바르게 친절함으로 사람을 대해요. 대신 할 말을 해야 할 땐 감정을 빼고 이야기해야죠. 그 누구를 위한 것도 아니에요. 그저 나 편하자고 하는 거예요."

자발

    같은 일이어도 상대가 요청해서 해준 일과 그렇지 않은 일에는 큰 차이가 있다. 꼬마들만 봐도 그렇다. 스스로 사탕껍질을 어떻게 벗길지 생각하고 시도도 하기 전에 옆에서 누가 까주겠다고 하면, 고집을 부리며 사탕을 자기 손으로 가져간다. 추파춥스처럼 어른도 힘들게 까야 할 사탕이라면 해보다 해보다 결국 도움을 요청할지도 모른다. 그때 도와주면 그 순간만큼은 아이에게 최고의 어른이 될 것이다. 이는 비단 아이와 어른 사이만의 묘책이 아니다. 모든 관계에서 상대 기분을 상하게 하지 않고 서로 즐거울 수 있는 방법이다. 굉장히 쉽고 효율적이지 않은가. '가만히 잘할 수 있을 거란 믿음으로 지켜봐주는 것' 그리고 '혹시 도움을 요청하면 그때 물심양면으로 도와주는 것' 각자 개인의 주체가 존중받으면서 서로를 사랑할 수 있는 쉽고도 어려운 일이다.

공감대

공통분모가 사라질수록 점점 멀어지는 관계들에 적응하지 못했다. '공감대 형성'이 처음 우리를 단단히 묶어 주었던 것을 잊고 있었다. <공감대>라는 고무밴드가 서서히 느슨해졌다. 당연한 일이다. 하는 일이 달라지고, 속한 집단의 특성도 달라지고, 심지어 환경에 따라 입는 옷부터 가치관까지 모두 달라지니 말이다. 우리를 꽉 붙들어 매어 놓았던 공감대가 사라지니 서로 힘든 이야기에도 깊이 동감할 수 없어 때로는 말을 아끼기도 했다. 예전에는 이해할 수 없었던 구석구석의 다양한 관계들이 쉽게 와닿는다. 왜 그녀는 고교 동창보다 옆집에 같은 또래의 자녀를 키우는 이웃과 더 친밀하게 되었는지, 왜 그는 퇴직 이후에 여전히 일을 하는 오랜 친구보다 퇴직 후 취미로 사진을 찍는 모임에서 더 즐거움을 느끼는지 말이다.

인정

그래, 원래 그런 거라고 인정하면 편하다.

일을 하면서 가장 회의감을 느낄 때는 모두 각자 철저히 자기 입장만 고려하고 있다는 느낌을 받을 때다. 사실 회의감을 느낄 일이 아닐지도 모른다. 원래 그런 것이니까. 세상을 살아가고 무언가를 해나갈 때 누구나 자신을 먼저 생각하지 누가 자기 것을 다 잃어가면서까지 타인을 생각하겠는가. 그게 당연한 것이다. 애초에 무언가를 바라고 기대한 내가 어리석은 것이다. 원래 그런 거라 생각하면 속상할 일도 없다. 이제 잘 구분할 수 있어야 한다. 인간의 기본 성정에 따라 원래 그런 일인지, 그래서는 안 되는 일인지 말이다.

옛일을 떠올려 보니 우리는 누군가의 연인, 친구, 일적 파트너이기 이전에 하나의 독립된 개체였고 우리 나름 개인의 시간과 공간, 그리고 지키고 싶은 마음이 있었을 것이다. 자, 이제 인간이란 원래 그런 것임을 알았다. 그럼에도 불구하고 나에게 시간을 내고 자신의 곁을 내어주고 자신보다 나를 더 걱정하는 누군가를 생각해본다. 그것이 얼마나 고귀한 마음이고 감사한 마음인지 깨닫는다. 인간의 기본 성정과 욕구를 뛰어넘는 마음과 마음들에 감동한다.

제자리걸음

상대방의 얼굴이 거울일 때가 있다. '저 사람은 나랑 이야기하는데 표정이 왜 저렇게 안 좋지?'라든가 '차라리 화를 내거나 말로 하지. 피식피식 코웃음을 치는 건 뭐지?'라는 생각이 들었다. 나도 기분이 나쁜데 상대방은 어떻게 느낄까 궁금했다. 아마 느끼는 바는 비슷할 것이다. 모든 대화가 그렇듯이 나 혼자 즐거운 자리는 없고, 또 나 혼자 성질내는 자리도 없으니 말이다. 늘 의사소통이 물 흐르듯 자연스럽다면 좋겠지만, 가끔은 갈등도 생기기 마련인지라 그 상황마다 대처할 능력을 키우면 좋겠다. 당황스럽고 어려워도 표정으로 드러내기보다 감정을 잠시 내려놓고 사실만을 조리 있게 잘 표현하고 싶다. 또한 무조건적인 수긍이나 반대보다는 서로의 감정이 다치지 않는 선에서 마무리가 된다면 더 좋을 것이다. 그렇게 사람을 만나고 하루한마디 이상 대화를 하는데도 왜 우리는 늘 제자리일까. 의식적인 노력이 필요한 순간이다.

질투

  '부러움'과 '질투'는 종이 한 장 차이 같지만 너무도 다른 방향의 결과를 가져왔다. 내가 갖지 못한 것에 대한 아쉬움, 반대로 그것을 가진 상대에게 가지는 선망 또는 동경이 나를 작아 보이게까지 만들었다. 그런데 돌아보니 터무니없이 엄청난 재력이나 재능, 인맥에 질투를 느낀 적은 없었다. 소위 '내가 상대조차 안 되는 사람'에게는 부러움이라는 감정도 사치였다. 오히려 나와 비슷한 상황에 놓여있거나 또는 우리의 공감대와 심적 동질성에 기대어 심취해 있던 상대에게 부러움을 느끼기 쉬웠다. 이럴 때면 인간이란 간사하기가 짝이 없다고 느낀다. 가까울수록 부럽고 부러운 감정이 부정적으로 흐르면 질투와 시기가 되니 말이다 모든 것을 다 가진듯한 너를 생각하며 한참 부러워 하다가 질투로 흐르려 할 때쯤 '너도 너만의 고충이 있겠지' 하고 자위했다. 부러움에서 그쳐야 한다. 상대를 깎아내릴 질투는 스스로 멈춰야 한다.

사랑니

사랑을 알만한 나이에 난다고 해서 '사랑니'라고 부른다. 나는 이제야 벼르던 사랑니를 다 뽑아 버렸다. 잇몸에 묻혀 있을 때만 해도 20대 초반이었는데, 누가 이름을 붙였는지 참 기가 막힌다. '사랑이 뭔지 알만한 나이' 그 뜻에 은근히 고개가 끄덕여지는 이유가 있었다. 단순히 사랑은 핑크빛의 환상이 아니라는 걸 지금의 나는 알고 있으니 말이다. 때로는 보기 좋은 거품 같기도 했고 핑크빛이 점차 암흑이 되기도 했다. 그런 경험이 없었더라면, 그렇게 사랑이 뭔지 철없게도 몰랐다면 사랑니가 나지 않았을까? 물론 그건 아닐 것이다. 어쩌면 사랑은 생니를 뽑아버릴 용기처럼 내 것을 내어주고 타인을 존중할 용기에서 시작되는 일일지도 모른다. 혹자는 내가 물었다. "사랑이 어디 있니?, 이기심으로 만들어진 허상이란다. 너는 사랑타령만 안 하면 참 좋은데" 나는 오늘 사랑니를 뽑았다.

억지 위로

애초에 내 삶이 존재하는 이유 따위를 다른 사람에게서 찾는 것은 어리석은 짓이었다. 기대가 없는 사람은 실수를 해도 크게 실망하지 않지만 평소에 믿음이 컸더라면 충격은 작지 않다. 처음에는 분노에 쌓여 생각도 하기 싫었지만, 시간이 지날수록 그렇게 할 수밖에 없었던 이유는 무엇이었을까 생각한다. 사실 그것까지 내가 보듬어서 살펴야 할 이유는 없다. 우리는 자꾸만 이해하려 한다. 사랑하고 편애하는 만큼 그 사람의 오만과 잘못까지 내 것인 양 짊어지려 한다. '그래 오죽하면 그렇게 했을까, 그럴만한 이유가 있었을 거야. 너도 힘들었잖아. 그럴 수 있어' 온종일 되뇌며 상처받은 나에게 억지 위로를 청했다. 왜 우리는 사랑하는 사람 앞에서 늘 약자가 되는가. 삶의 끝에 서서 두려움에 떨 때 당신만 생각했다. 너무도 어리석었다. 내 존재 이유는 나여야 한다.

누구와 함께 하는가

  음식도, 장소도, 날씨도 참 중요하다. 맛있으면 좋고 쾌적하고 편안하면 더할 나위 없다. 그런데 그럼에도 불구하고 함께하는 사람이 그 무엇보다 가장 중요함을 느낀다. 모두가 한 번쯤은 겪어본 적 있으리라. 맛있는 음식을 두고도 불편한 사람 탓에 귀로 넘어가는지 코로 넘어가는지 몰랐던 음식들. 궂은비가 쏟아져도 뭐가 그리 좋은지 하하호호 웃음보가 터졌던 기억들. 저기 구석에서 벌레라도 튀어나올까 무서운 장소임에도 사랑하는 당신과 두 팔 스치며 설렜던 순간까지. 우리는 그 무엇보다 사람과 주고받는 영향 속에서 만들어지고 있었다. 혼자 있는 시간이 늘어날수록 '나는 혼자가 편하다고 스스로 속여 왔다. 사실 좋은 사람과 함께하면 더할 나위 없으리란 걸 안다. 다만 그런 사람을 찾기 두려울 뿐이다.

시기 질투

누군가를 질투해 본 경험이 있는가. 다시 질문을 던진다. 당신은 누군가를 시기해 본 적이 있는가. 분명 '질투'와 '시기'는 비슷한 듯 다른 분위기의 단어다. 얼마 전 최연소 아나운서로 취직한 동기를 앞에서는 축하하며 뒤로는 못마땅해 한 사건이 이슈가 되었다. 그들 사이에 있었던 일련의 사건이나 감정에 대해서는 잘 모르지만, 어쨌든 뒤에서 사람을 욕보이는 일은 눈곱만큼의 가치고, 쓸모도 없다고 생각했다. 살다 보면 같은 출발선에 있던 친구, 또는 나보다 더 뒤에 있었던 친구가 더 빨리 앞서가는 경우가 생긴다. 속상할 수도 있다. 배가 아플 수도 있고, 또 그러지 못하는 나 자신을 자책할 수도 있다. 그런데 뒤에서 욕을 보일 거라면 차라리 앞에서 축하해주지 않는 편이 낫다. 시간이 지나니 이 세상에 부러워할 사람도 동정할 사람도 없다는 걸 알았다. 그리고 우리에게는 각자 걸어야 할 길만이 존재할 뿐이다.

내 과거를 걷는 당신에게

내가 지나온 과거를 살고 있는 당신을 보았다. 분명 같은 상황이지만, 그에 임하는 마음가짐이 달라보였다. 나는 쉽게 불안에 떨었고 인생의 낙오자가 될까 전전긍긍했다. 그런데 당신은 참 대차고 용기 있었다. "하는 데까지 해보고 그래도 안 되면 다른 거 하면 되죠." 머쓱한 듯 웃으며 하는 대답에 그 배포가 얼마나 부럽던지, 나였다면 온 신경이 쓰여 마음도 간장 종지만큼 작아졌을 텐데 싶었다. 물론 겉으로의 말과 다르게 속은 애타고 있을지 모른다. 그럼에도 겸허한 태도와 여유로움이 보는 이로 하여금 마음을 편하게 만들었다. 어쩌면 사람 사이에서도 필요한 자세일 것이다. 관계에서 속이 타고 답답할 때 내가 할 수 있는 행동을 취하여 의사를 모두 전달하고 그래도 안 되면 놓아버리는 것이다. 지금 내게 가장 필요한 이 결단력을 나의 과거 속에서 그리고 당신에게서 얻는다.

네가 그러하듯 나 역시

아무에게나 시간을 할애하면서 체력을 고갈시키고 싶지 않다. 점점 만나기 꺼려지는 사람들의 연락을 피하며 산다. 오만이고 건방진 태도라 말해도 어쩔 수 없다. 그 사람들과 시간을 보내고 집에 돌아와 정신적으로 녹초가 된 내 모습이 그리도 가엾기 짝이 없다. 나에게 기본이며 당연하게 지켜야 할 일들을 누군가가 아무렇지 않게 어기고 있을 때 서서히 그를 외면하게 된다. 요즘은 내 속에 화가 참 많다. 화병에 걸리면 약도 없다는데 어쩌다 인간이라는 개체를 이렇게 미워하게 되었나. 아름답고 고운 것만 이야기하기엔 인간이 가진 나약함과 가식이 너무도 혐오스럽고, 사람끼리의 관계 속 부조리함은 말할 것도 없이 허술하다. 상대를 이해하기 위해 '그럴 수도 있지'라는 말을 마치 불경처럼 읊조릴 때가 있었다. 네가 그럴 수 있듯, 나도 널 외면할 수 있다는 것을 알았다. '그럴 수 있다. 네가 그러하듯 나 역시'

멀어진 인연

한 때는 굴러가는 낙엽만 봐도 배꼽을 잡고 웃던 친구와 어느 날 낯선 남보다 못한 사이가 되기도 한다. 사람 사이라는 것은 이리도 어렵고 혼란스럽다. 단 한마디에 우리는 막역한 사이가 되기도 하고 틀어져 원수가 되기도 한다. 우린 어쩌다 이렇게 멀고 먼 사이가 되었을까. 시간이 가로막기도 하고 한낱 감정이 우리를 떨어뜨려 놓기도 하지만 세월 모르고 잊고 지내던 어느 날 얼굴을 마주하는 때가 오면 그것이 그렇게 곤혹스러울 수가 없다. 남보다 못한 사이가 되어버린 여러 얼굴들을 마주해야 할 때 아무렇지 않은 척이라도 하려면 대체 어떤 생각을 해야 할까. 나는 늘 진심이면 된다고 믿는다. 그 진심 안에서 내 목소리를 낼 수 있으면 된다. 그리고 그 관계 안에서 상대의 목소리를 들을 줄 알면 그것으로 내가 할 수 있는 전부라 생각한다. 그럼에도 멀어지는 인연에 숨을 필요는 없다. 가까워지기도, 멀어지기도 하며 세월은 흐르는 것이니.

타인의 비극에 관심 가는 심리

사람들은 남의 비극을 자세히 알고 싶어 한다. 걱정하는 척, 위로하는 척, 당사자의 감정보다 사건 정황에 더 관심을 쏟는 모습은 때때로 역겹기까지 하다.

아마도 여러 가지 이유가 있을 것이다. 첫째, 스릴러 영화를 볼 때처럼 남의 비극이 흥미진진하게 다가오기 때문이다. 우리 삶은 사실 영화나 소설보다 더 잔혹하기 짝이 없으니까. 둘째, 남의 비극을 들으며 그 사람을 불쌍히 여기고 동정, 연민할 때 스스로 선한 사람이 된 듯한 기분이 들어서일까? '아 내가 이렇게까지 깊은 이야기를 듣고 위로해주다니, 난 참 사려 깊은 사람이다.'

그리고 마지막은 아무래도 그 비극을 자세히 알고 나면 당사자가 안쓰러운 반면, '아 내가 저 사건을 당하지 않아서 다행이다.'라는 안도감이 들기 때문이다.

꼭, 자세히 알아야만 위로가 되는 것은 아니다. 무슨 일이 있었는지보다 어떤 감정을 느끼고 있는지 물을 수 있어야 한다. 그리고 그들에게 필요한 것은 말보다 한 쪽 어깨일지도 모르겠다. `

체면

인간은 자기 잘못과 치부가 공개적으로 멸시 받고 능욕 당할 때 자아의 일부가 파괴된다. 이러한 경험이 청소년 시기에 많았다면 자존감 하락에도 일조했을 것이다. 우리는 아무 상관없는 남일지라도, 그래서 다시는 볼일 없는 사람임에도 불구하고 체면을 중시하고 산다. 사실 타인은 크게 나에게 관심이 없는데, 이 사실을 머리로 알고 마음으로까지 이해하여 행동으로 옮기기까지 꽤 오랜 시간이 걸렸다. 사람 많은 빗길에서 우습게 미끄러져도 잠시 쳐다볼 뿐, 그 모습을 평생 두고두고 기억하며 그 사람을 비웃진 않을 것이다. 잘못과 치부, 합당한 벌을 받고 또는 시간의 흐름에 흘려보내면 언젠간 나조차도 잊을 기억이 될 것이다. 한 달 전의 내 일도 가물가물한데 남의 일은 더욱 떠오르지 않는다. 지나가버린 일은 빨리 잊어버려야 한다. 안 좋은 일일수록 그러하다.

한 다리 두 다리

수많은 사람들이 뒤섞여 살지만 그 관계가 얼마나 촘촘하게 엮여있는지 조금만 대화를 나누어 보면 안다. 짧게는 내 친구가 당신의 친구와 아는 사이일 경우, 길게는 지구 반대편에 있는 사람에게까지 인연의 끈은 연결되어 있다. 우리는 심심치 않게 이야기한다. "한두 다리만 건너도 다 아는 사이야. 정말 몇 번만 거치면 트럼프도 아는 사이가 될걸?" 얼마나 세상이 좁은지 새삼 깨닫는 대목이다. 가끔은 무섭기까지 하다. 그래서 올곧게 다짐했었다. 누구를 만나든 플러스는 안 되더라도 마이너스만큼은 되지 말자고. 혹시 마이너스로 낙인찍혀서 날 모르는 사람이 나를 알기도 전에 선입견을 가지면 어쩌나 하고 말이다. 아니, 그런데 이제는 그렇게까지 모두에게 좋은 사람일 필요가 있을까 한다. 누굴 알기도 전에 가질 선입견이라면 깰 필요도 없지 않은가. 그리고 모두에게 좋기보다 누군가와 잘 맞는 것이 더 좋지 않을까.

기억 왜곡

일을 하다 순간 턱- 하고 막히는 때가 생긴다. 그 분야를 잘 모르거나, 내 힘으로 할 수는 있지만 요령을 알면 금방 해결할 수 있을 때 누군가의 도움이 절실하다. 왜 하필 그럴 때만 생각나는지, 그 핑계로 연락을 자주 하지 않던 친구 번호를 가만히 쳐다본다. 그러다 한숨을 푹 쉬고는 그냥 덮어버린다. '친구가 불쾌해 하진 않을까. 혹시 서운해 하지는 않을까' 괜히 미안함을 품은 채로 인터넷을 뒤져본다. 참 이상하다. 나는 오랜만에 연락 온 친구가 급히 뭘 물어오면 어땠나? 기분이 언짢았던가? 전혀 그런 적이 없었는데 도리어 그럴 때 나를 찾아줘서 기쁘기도 했는데, 그런데 난 왜 이렇게 조심스러워하는지 이해되지 않았다. 내가 나를 속이며 사는 걸까. "너 그때 분명 기분 나빴잖아. 왜 너 좋을 대로만 기억해? 야, 너 생각만큼 착한 사람 아니야. 정신 차려"라는 환청이 들릴 타이밍이다.

불만노트

속에 불만이 가득해서 그런가. 불평이 쌓여가니 어디에 털어놓기도 민망하다. 불평, 불만은 해소되지 못하면 속에 오래 남아 나를 더욱 부정적인 인간으로 만든다. 그래서 <불만노트>를 만들어 쓰기 시작했다. 아주 솔직하고 가감 없이 적어내려 간다. 사람에게 이야기하는 것보다 훨씬 깔 끔하고 탈이 없다. 무엇이든 쓸 수 있어서 좋고, 나만 아는 이야기여서 더 은밀하다. 낮에 밖에서 분통 터지는 일이 있 으면 속으로 잠시 식히며 '내가 집에 가서 내 노트에다가 너 써버릴 거야!' 하고 생각한다. 소심하고 바보 같아 보일 지 모르지만 여러모로 도움이 되는 방법이라 화가 많거나 어디 표현하길 꺼려하는 사람에게 추천하고 싶다. 아마 누 구에게나 가슴 속에서는 이미 불평노트가 한 권씩 자리하 고 있을지 모르지만 직접 표출하는 것은 또 다른 차원이니 말이다.

부러운 사람들

부러워 할 대상이 너무 많으면 더 이상 무엇도 부러워하지 않게 된다. 그래도 가끔 닮고 싶은 모습은 '빠른 눈치'와 '적재적소에 반응하는 센스'를 지닌 사람들이다. 언어라는 것이 참 어렵기만 하다. 이야기를 나누다 보면 있는 그대로를 받아들여야 할 때가 있고, 그 말의 이면을 해석해서 의도를 알아차리고 반응해야 할 때가 있다. 가까운 사이가 아니고서야 서로를 배려하고 자기 체면을 중시해 직언을 하지 않는 경우가 많으니 눈치 레이더를 풀가동해야 우리는 살아남을 수 있다. 하루에 수백 문장이 오가는 대화 속에서 우리는 그 함의를 파악하기 위해 얼마나 많은 에너지를 쏟는가. 갈수록 관계가 복잡하고 어려워지는 이유는 어쩌면 너무도 어려운 언어들 속에서 그 속뜻을 파악할 힘을 잃어가기 때문은 아닐까. 때로는 '있는 그대로의 말'로만 이야기를 나누어도 모두가 괜찮은, 상처받지 않는 대화를 쏟고 싶다.

알고도 모른 척

혼자만 알아야 하는 이야기가 늘어간다. 이야기꾼으로 살아가라는 소명인지는 몰라도 우연히 듣고 보고 겪는 일들이 기가 막힐 때가 있다. 남의 일인데 나 혼자만 알고 있으면 죄책감에 사무칠까봐 꼭 털어버리려 했었다. 흔한 일로는 아끼는 친구의 연인이 다른 사람의 손을 잡고 있는 상황 같은 것이 있다. 그 당시에는 그랬다. 나 혼자 알든 친구에게 말하든 나에게 이득은 없다. 하지만 내 친구가 속고 있는 건 안쓰러워 봐줄 수가 없으니 나는 굳이 알려야 했다. 앞서 말한 죄책감을 털어내려는 이기심일 수도 있을 테지. 그런데 시간이 지나고 보니 나는 참 어리석었고 오만방자했다. 친구를 위한 일이라 생각했지만 친구는 나를 원망했고 또 다른 이는 자기 연인과 함께 나를 몰아세우기도 했다. 나는 내 눈앞의 사실이 진실인 양 행동했다. 세상사 그럴 수도 있고, 표면 아래 또 다른 이유가 있는 일은 또 얼마나 많은가. 때로는 무심함이 답이다.

아는 만큼 보인다

　누군가의 가식을 알아볼 줄 아는 것은 단 한 번이라도 가식적으로 행동해본 사람의 소관이다. 타인의 상처를 알아보는 사람 역시 지독한 상처 안에서 그 굴레를 끊고자 노력해본 사람일 것이다. '아는 만큼 보인다'는 말. 사람 사이에서도 유효하니 명언은 명언이다. 이렇게 현재의 내 모습은 내가 지금까지 겪은 모든 것의 집합체다. 마치 불나방처럼 단 하루를 위해 몇만 시간 동안 잠까지 참아가며 달려온 수험생에게 어떤 위로와 격려가 필요한지 아는 것도 우리가 그 시기, 그 간절함을 느껴봐서 일 테지. 누가 나에게 좋은 사람을 만나려면 어떻게 해야 하냐고 물어오는데, 나는 뻔하지만 재미없는 그 명언을 빌릴 수밖에 없었다. 우리가 단 한 번이라도 좋은 사람이었던 적이 있었다면 또는 지금 좋은 사람이 되어 있다면, 나와 같은 결을 가진 그 사람을 꼭 만날 거라고.

바라고 행하지 말 것

누군가에게 무언가를 해주고 싶다면, 절대 아무 것도 바라지 말 것을 당부했다. '내가 이거 해주면 좋아하겠지?'라는 마음보다는 '이 정도만 하면 예의에 어긋나지 않겠지'라는 마음으로 살기를 당부했다. 기본만 하고 살아도, 시간이 조금만 지나면 대단하다는 소리를 듣는다. 나는 이 말을 기본도 지켜지지 않는 수많은 일들 앞에서 애쓰는 우리에게 작은 위안이 될까하며 뱉어 놓는다. 돌아오는 것이 없어도 해주고 싶은 사람을 가끔 만난다. 그때마다 속으로 다짐한다. '저 사람은 내가 어떤 호의를 베풀어도 절대 되돌려 주지 않을 거야. 무얼 바라고 행하지 말아야지' 그런데 기대와 다르게 좋은 반응을 보일 때 오히려 더 고마움을 느낀다. 만약 되돌아오지 않더라도 애초에 바란 것이 없으니 상처를 받을 일도 없다. 그나저나 요즘은 그렇게 무조건적 애정 공세도 참 보기 드문 일이 되었다.

허무한 재귀

인생이란 단순하지가 않다. 성공과 행복의 비결을 모르지 않지만 그만큼 노력하기 쉽지 않다는 점에서 인생의 만만치 않음을 느낀다. 곁에 누군가 한 명 떠나고 나면 우리는 늘상 말한다. "있을 때 잘하자. 우리 건강할 때 살아 있을 때 잘 챙기자" 사실 몰라서 못 지키는 건 몇 개 없다. 다 아는데, 다 알지만 우리의 오만방자함과 시간이 우리를 기다려줄 거라는 허무맹랑한 믿음이 우리를 바보로 만들 뿐이다. 모르지는 않지만, 잊고 지내기에 자주 상기시켜야 할 것들이 늘어간다. 지독하게 슬펐던 지난날들은 나에게 무엇을 일러주기 위함이었나. 정녕 있을 때 잘 하라는 메시지였을까. 아니면 덜 아프기 위해 정을 다 주지 말라는 메시지였을까. 인생이란 이렇게 알면서도 불구덩이 속으로 자처해 걸어가는 허무한 재귀인 것일까.

좋은 일이 생겼을 때

 "좋은 일이 있을 때 진짜 기뻐해주는 사람. 그런 사람 주변에 몇 명 있나요? 그런 사람 단 한 명이라도 있으면 참 마음 따뜻할 거예요. 당신에게 슬픈 일이 있을 때 옆에서 같이 울어주고 토닥여주는 사람도 물론 감사하고요. 고마운 일이에요. 그런데 그 사이에서 한번 잘 보세요. 진짜와 가짜를 잘 구별해 보는 거예요. 슬퍼해주는 모양새 같은 것 말이에요. 약간의 흥분과 들뜸이 채 숨겨지지 못하고 삐져 나오진 않았던가요? 그런 사람들이 정작 나에게 온 행운을 진정 축하해주던가요. 인생은 비교하면 할수록 고달파지는 것인데 누군가에게 비친 햇볕을 시기한들, 내 인생이 따뜻해지나요. 나는 되려 묻습니다. 내 주변 사람의 좋은 일을 어떻게 받아들였었는지, 또는 그 사람에게 잠시 드리운 그늘을 보며 위안 삼은 적은 없었는지. '그들의 그늘 아래 숨어들진 않았나.' 말입니다."

가장 비어있는 것

사람 몸도 그렇다. 자기 신체에서 부족하다고 느끼는 영양소가 있으면 그것이 풍부한 음식이 마구 당긴다. 단백질이 부족할 땐 고기가 먹고 싶고, 당이 떨어질 땐 달달한 초콜릿이 생각난다. 이 이치는 사람의 마음과 생활에서도 그대로 적용된다. 돈이 부족하니까 돈을 1순위로 두어 돈이 되는 것만 쫓게 되고, 돈은 충분한데 여유가 없으면 다가오는 쉬는 날의 여행 일정만 기다리게 된다.

이렇게 결핍을 욕구로 채워가는 모양새만 보면 가끔은 단순하기 그지없는 일상이 권태롭게 느껴진다. 비워지면 채우기를 반복하고, 또 다른 곳에 구멍이 나면 금세 채우고. 그 반복의 굴레가 다할 때쯤이면 우리는 인생의 의미를 알아차릴 수 있을까. 아마 거창한 의미 따위는 애초에 없었고 우리가 빈 곳을 채우던 그 과정이 전부였다는 것을.

요즘 나는 무엇을 가장 높은 순위에 두는가. 돈인가, 나만의 의미인가, 즐거움인가. 타인으로부터의 인정인가. 그것이 나에게 가장 부족하다는 것을 알면 더 나아지기는 할까.

내려놓을 다부진 용기

양손 가득 잡고 있는 것이 많으면 새로운 것을 잡지 못한다. 적어도 한 손에 쥐고 있는 것을 놓아버려야 또 다른 것을 잡을 수 있다. 사람관계와 일도 마찬가지다. 불편하고 썩어 빠진 관계라는 걸 알면서 끊어내지 못하는 걸 보면 비겁하고 정직하지 못한 그 모습이 안쓰럽다. 놓아버리면 내가 편하다. 그리고 놓아버려야 새로운 사람이 또 그 자리에 들어올 수 있다. 두려워하지 말아야 한다. 어차피 많은 것은 흘러가버리는 것들이다. 영원하지 않다는 걸 알면, 지금 이 순간 나의 기분과 느낌이 얼마나 소중한지 깨닫게 된다. 쥘 수 있는 손이 단 두 개라면 내가 잡고 있는 동안에 적어도 그 순간순간에 만족하고 근사한 기분을 만끽해야 한다. 잡을 수 있어야 놓을 수 있고, 놓을 수 있어야 또 잡을 수 있다는 것을 외우고 또 외운다. 이미 정답은 내 안에 있다. 다만 두려울 뿐이다. 그럴수록 필요한 것은 다부진 용기다.

남은 사람의 슬픔

　사랑하는 강아지가 죽고 나서 견딜 수 없었던 것은 그 아이의 부재가 아니라 그 아이를 사랑한 만큼 밀려오는 슬픔이었다. 두 달쯤 지나보니 그런 것이다. 누군가를 얼마나 사랑하는지 알려면 아이러니하게도 그 대상이 죽어야 한다고 그러더라. 나를 떠났을 때, 다신 이 세상 어디에서도 볼 수 없을 때 슬픔의 깊이가 지금까지 사랑의 깊이를 대신한다고 했다. 그래서 단 한 사람이라도 사랑하는 사람이 있다면 무조건 그 사람보다 하루라도, 한 시간이라도 더 오래 살아야 한다. 나를 사랑하는 사람에게 견딜 수 없을 슬픔을 남기면 안 되니 우리는 건강히 오래 살아야 한다. 그런 점에서 조금의 위로라면, 강아지보다 내가 먼저 죽지 않았으니 그 아이에게 큰 슬픔의 기억은 주지 않아 다행일지도 모른다. 나약해질 때마다 생각 한다. 우리는 타인의 슬픔을 책임져야 한다고, 헤아려야만 한다고 말이다.

연

"인연이 있어서 왔고, 그 인연이 다 되어서 떠나는 거라고" 그렇게 생각하면 슬픔이 덜할 거라 자위했다 살다보면 의도하지 않았지만 가까워지고 또 여러 오해로 떠나보내기도 하는 그런 인연이 얼마나 많은가. 내 의지와 크게 상관없다고 생각하니, 인연에 연연하며 용쓰는 모습이 안쓰러웠다. 사람부터 사소한 물건까지. 얼마나 우리는 얽혀있는가. 잘 시작하고 또 보내주어야 할 때가 오면 잘 보내줄 줄 아는 그 노력도 필요하다. 나조차도 누군가의 삶에 들어갔다 흠뻑 취해보기도 하고, 서서히 두 손 두 발 들며 빼버리기도 하니까. 어쩌지 못하는 일에 우리는 많이 슬퍼한다. 슬퍼하되 깊은 수렁에 빠지지 말아야 한다. '아 슬프구나' 싶다가도 스스로가 '이제 그만 생각하자. 뭐 재미있는 사진 없을까?' 하고 구덩이에서 올라올 수 있어야 한다. 그렇게 시간은 흘러가고 우리는 준비된 이별에 가까워질 것이다.

억지

 '억지'는 티가 나기 마련이다. 대부분 '목적'이 아닌 '수단'이 될 때 억지스럽고 자연스럽지 못하다. 취업하기 위해 대학이 수단시되니 갖가지 문제가 발생하고, 결혼이라는 목적을 위해 사랑을 찾으니 결국 탈이 나고 만다. 예술은 더욱 여실히 드러난다. 글 자체가 목적이 아니면 너무도 억지스럽다. '책을 펴내기 위한 글'은 이미 수단화 되어버려 그 진실성을 잃은 티가 난다. 목적과 수단을 혼동하면 가장 중요한 진실성에 금이 가기 시작한다. 사랑을 떠올려 본다. '나'라는 사람 자체가 궁금하고 '나' 자체에 목적이 있는 사람은 얼마나 반가운가. 잘 들여다보면 보인다. '나'를 수단시하는지 아닌지 우리는 느낌으로 금세 알아차릴 수 있다. 돈이든, 인맥이든, 시간 때우기용이든 말이다. 참 씁쓸한 것은 서로가 서로에게 목적 그 자체인 해도 한두 명쯤은 그저 '그냥 네가 궁금해서. 너랑 있으면 그냥 편하고 좋아서'라고 말하는 관계가 있으면 좋겠다.

함정

결국 우리는 모든 것을 내 경험과 지식 안에서 받아들인
다. 지식, 경험, 그리고 그날 그때의 내 기분이 모든 감각을
철저히 통제한다. 그래서 인간은 보고 싶은 대로 보고, 듣
고 싶은 대로 듣기 쉽다. 그런데 그게 함정인지는 잘 모르
겠다. 오히려 심적으로는 편안할 수 있다. 의심은 애초부
터 피곤한 마음이다. '자연스러움'을 어려워하지 말아야 한
다. 의심은 곧 집착이 되기 쉽다. 우리는 내 안에 스멀스멀
올라오는 기분, 생각, 감정에 자기검열이 너무도 심한 시대
에 산다. 검열은 곧 자기분열에 치닫게 된다. 그러니 그만
한 이유가 있을 거라 생각하고 자연스럽게 그리고 유연하
게 넘어가면 좋겠다. 가끔 어떤 일들은 시간이 조금 지나
야 또렷해지기도 한다. 마치 흔들리는 저울의 눈금은 모든
것이 가라앉았을 때에만 읽을 수 있듯이 말이다. '지나가겠
지' 하고 기다릴 뿐이다. 억지 부리면 덧나서 더 아플 것이
다.

선택은 내 몫

"누가 됐든, 나를 거지같이 대하면 안 된다는 걸 안 거지."

과거의 자존감 도둑이 다시 날 찾아왔을 때, 마음 속 감옥에 그를 가두면서 했던 말이다. 주변 사람들은 종종 말한다. '날 함부로 대하거나 조금이라도 무시하는 것 같으면 오만 정이 다 떨어지더라.'

그런데 나는 배알도 없는 인간이었는지, 누가 날 어떻게 대하든 내가 좋으면 그만이었다. 나를 무시하고, 갉아먹는 말을 해도 내가 좋으니까 이해하고 직진했다. 그냥 내가 좋으니까 말이다. 다른 말로는 설명할 길이 없어서 감정에만 충실했다. 연인사이든, 친구사이든 좋으면 그냥 퍼부었다. 그것이 내 방식이었고, 멀리 내다봤을 때 나를 지키는 길이라 믿었다. 단편적인 사건이나 시간만 아는 사람은 나에게 충고했다. "너한테 별 관심 없는데

왜 그러니. 걔는 재고 따지는 중인데, 네가 아까워" 또는
"그 사람 너무 계산적이더라. 사회에서 만나면 다 그래"

나는 그 충고에 답한다. 진짜 인연이 될지 말지는 정성
을 쏟아 부어 보면 알아. 그리고 그 선택은 내가 내리는 거
야.

오해

　오해는 서로가 의도하지 않아도 생기기 마련이다. 어쩌다 보니 일이 꼬여서, 또는 생각의 기준이 너무도 달라서 그렇게 둘 사이에 찾아든다. 오히려 오해 없이 흘러가는 순탄한 관계는 없을지도 모른다. 아주 사소하지만 내 기준에서 그른 일 또는 타인의 의도와 다르게 받아들여지는 일은 일상 속에 수없이 많을 것이다. 그럼에도 꾸준히 이어져가는 관계가 있고, 단 한 번의 오해에도 허물어져버리는 관계가 있다. 여기에는 '오해를 풀고자 하는 의지가 있느냐'가 중요한 관건이 된다. 이미 불가항력에 의해 오해는 생겼다. 그런데 두 사람 모두 풀려는 의지 없이 또는 누가 먼저 말해주기를 기다리기만 하니, 거기서 그것으로 끝인 셈이다. 반면 두 사람 모두 기꺼이 잘못을 바로 잡으려는 태도를 보이면 그 자체로 서로에게 좋은 영향을 미친다. 오해를 풀고자 하는 의지. 그것은 곧 관계를 유지하려는 의지니 말이다.

뒷이야기

오랫동안 못 보았던 사람을 오랜만에 만나면 자연스레 주변에 엮여있던 사람들이 입에 오르내린다. 그러다 보면 원하지 않던 이야기를 듣게 되기도 하고, 또 은근히 궁금했던 소식을 건너 듣기도 한다. 말을 전하는 사람의 입맛에 따라 이렇게 저렇게 요리된 이야기는 듣는 사람의 반응을 봐가며 자극적인 맛을 더해간다. 몇 년을 서로 바쁘게 지내느라 못 봤던 친구를 오랜만에 만났다. 반가움이 가시고 서로의 안부를 먼저 묻는다. 그 다음은 끊임없는 남의 이야기뿐이다. 이런식의 만남은 집으로 돌아가는 길이 너무도 피곤하다. 말은 말로써 그쳐야 하는데 소문만 무성히 남길 뿐이다. 잠자코 듣다가 친구에게 한 번씩 반응을 보이며 묻는다. "그 이야기는 어디서 들었어?", "그 친구가 직접 그렇게 말했어?" 본인에게 직접 확인되지 않은 이야기는 언제 터질지 모를 풍선처럼 커지고 또 커진다. 속으로 생각한다. '다 들은 나도 잘한 건 없다. 뒤에서 내 이야기는 얼마나 돌아다닐까.'

애쓰지 마라

굳이 좋은 사람이 될 필요 없다. 어차피 한때이고 흘러가면 그만이다. 좋은 사람이 아닌데 노력하며 애쓰는 것도 피곤한 일이다. 어디서든 플러스가 되지 않아도 좋으니 마이너스만 아니면 된다. 그런 마음으로 일상을 대하면 아주 편해질 것이다. 사람마다 무엇을 좋게 평가하는지에 대한 기준도 다를 뿐더러 보고 싶은 대로 보고 기억하고 싶은 것만 기억하므로 내 노력이 아까울 때가 많다. 애쓰지 말아라. 억지로 만드는 일은 언제나 탈이 나기 마련이다. 흘러가버릴 찰나이니까 최대한 자연스럽고 싶다. 좋은 사람이 아니라고 해서 범죄자인 것은 아니지 않은가. 쓴 소리 들으면 어때. 상처가 나면 언제고 아물지 않았던가. 게다가 상처받지 않는 삶이 반드시 행복한 삶이라 할 수 있는가. 아마도 행복의 순간은 꾸미지 않은 자연스러움 속에 불현듯 찾아드는 것일지도 모른다. 억지로 내키지 않는 표정 지을 필요 없다. 그러다 한번 진심으로 웃었을 때 그것으로 마음을 움직일 테니.

새로 쓸 수 있는 가능성

역시 세상은 넓고 사람들은 제 각각의 방식으로 살아간다. 보고 배운 게 도둑질이란 말이 있듯이 세대를 거치며 내려오는 가풍이나 교육방식은 한 사람의 생애를 좌우한다. 그렇기에 우리가 경험한 것들은 최소한 내 삶에서 만큼은 정답이 된다.

무용을 하던 어린 아이가 키가 크려 했는지 매일 배고픔에 시달려 부모님 몰래 초코파이를 세 개 먹었다. 다음 날 몸무게 검사에서 600g이 늘어난 걸 보시고 어머니는 그 아이의 교복을 가위로 찢어버리셨다. 옆에서 보던 어린 나의 눈에는 온통 이해하기 어려운 것이었지만 마냥 내 기준에 평가할 수는 없었다. 적어도 그 부모님과 아이에게는 그것이 최선이자 정답이었을지도 모른다.

그때 그날에 교복이 찢어져 학교에 못 왔던 아이는 엄마가 되었고, 세대를 거쳐 내려온 나름의 가치관으로 가풍을 이어간다.

　온전히 독립된 개체란 존재할까? 결국 지금의 '나'란 여러 사람의 손이 타서 만들어진 존재다. 그렇기에 긍정적으로 볼 수 있는 점은 나의 기준에서 부당한 것을 끊어낼 수 있고, 사랑 가득한 포근함을 더 이어갈 수 있지 않을까

서로에게 좋은 사람이 되어

　우리는 서로에게 없는 것을 부러워했다. 내가 가진 것이 얼마나 귀한지 알아채지 못하고 남의 것만 눈에 들었다. 예민하고 눈치를 잘 살피는 탓에 내 주장을 쉽게 꺼내기보다 다른 사람의 말에 나를 적당히 맞추어 구겨 넣었다. 좋게는 붙임성 있고 배려 있는 사람으로 보여서 누군가에게는 부러움을 샀을지도 모른다. 반대로 타인에게 피해주지 않는 선에서 자기가 원하는 걸 당당히 먼저 이야기할 줄 아는 당신의 모습이 나는 또 그렇게 부러웠다. 자기 말로는 생각 없이 사는 거라 해도 그 '생각 없이' 자체가 부러운 건 어쩔 수 없는 것이다. 생각이 많아서 이렇게라도 쓰지 않으면 견딜 수 없는 삶과는 다른 차원이니 말이다. 아마도 타고난 기질과 살아온 환경에서 오는 성향 차이일 것이다. 서로를 부러워하는 우리가 함께 해서 다행이다. 좋아서 좋은 것만 보이는 게 아니라, 서로 좋은 사람이 되고자 하는 것이니.

공감하며 듣기

공감하며 듣는 일이 얼마나 어려운 일인지 모른다. 기술적인 연습도 필요하지만 가장 먼저 듣고자 하는 수용의 마음이 전제되어야 한다. 듣기보다 말하기를 좋아하는 세상에 살고 있다. 귀는 두 개인데 듣기 싫어 귀를 닫으려 애쓰고 입은 하나인데 더 말하지 못해서 쉬지 않고 소리를 낸다. 자기 이야기를 누가 가만히 끄덕이며 온 마음으로 들어준 적이 있었나? 그때는 언제였으며 당신은 어떤 이야기를 전하고 있었나. 누가 내 얘기에만 오롯이 집중하여 공감해준 경험이 있다면, 나 역시 누군가의 소리에 두 귀와 마음을 모두 내줄 수 있다. 그 경험이 얼마나 따스하고 값진 일인지 알기 때문이다. 친한 친구가 혹시 힘든 일로 이야기를 들어 달라 하는가? 첫 번째는 마음 편히 터놓을 장소와 곁들일 음식이 있는 곳을 찾는다. 그리고 당신은 가게에 들어서서 가게의 텔레비전을 등지고 앉아야 한다. 마주한 텔레비전에 살짝 옮겨진 시선이 힘든 친구에게 깊은 상처가 될 수 있다.

흉금 터놓기

함께 어떤 일을 하려할 때 서로 최선을 다하다가 그 중에 누가 꼼수를 부리거나 지나치게 자기 이익을 챙기는 걸 보면, 또는 손해 보지 않으려 온 힘 다해 노력하는 걸 볼 때면 힘이 주욱 빠져버린다. 김이 새고 나면 일을 아예 그르치고 싶다. 사람 심리가 그렇다. 상대가 나와 같지 않다면 나의 수고로움과 정성은 얼른 거둬들이고 싶은 것이다. 손바닥이 맞닿아 박수 소리를 내기란 쉽지가 않다. 내 손바닥 두 쪽은 내 것이어서 언제든 소리를 내지만, 남의 손바닥 하나 어쩌지 못하는 건 어쩔 수 없는 현실인 것이다. 그럼에도 인간이란 혼자서만 살 수 없는 동물이기에 끊임없이 누군가와 손발을 맞추어 나가야 한다. 같이 나아가기 위해서는 '진솔함', '진실됨'이 중요하다. 솔직하게 흉금을 터놓는 것만이 손뼉을 치는 방법이다.

모두가 타인

이기적일 필요가 있다. 가끔은 내 생각만 해도 될 때가 있다. 부모님을 위해, 또는 자식을 위해 희생하는 시간과 정성이 가끔 벅찰 때가 온다. 남과 남 사이에서도 숨 막혀 가며 꾸역꾸역 눈치 보는 내가 안쓰럽다. 사실은 부모도 자식도 형제도 친구도 '나'를 제외한 모두는 타인이다 그러므로 나에게는 그 누구도 침범할 수 없는 고유의 영역이 존재한다. 그 영역이 깊고 넓어지기 위해서 나부터 생각하는 이기심을 가져야 한다는 말이다. 마음이 시키는 일과 머리가 시키는 일 가운데 우리는 어떤 쪽의 일을 더 하고 사는가. 아마도 머리와 이성이 시키는 마땅히 해야 할 일을 더 많이 할 것이다. 그때마다 마음속에서 하고 싶어 하는 일이나 쉼의 욕망은 무시당해, 끝내 모두 타버리고 나서야 탈진한다. 우리는 마음이 시키는 일만 하며 살아도 길지 않은 삶에 있음을 기억해야 한다.

섣부른 동정

섣부른 동정이 얼마나 무례한지 모른다. 정작 당사자는 아무렇지 않은데 안쓰럽게 바라보는 시선이 불편할 때가 많았다. 사람마다 가진 불행의 기준은 다른데, 자기 기준에서 안쓰러이 여기면 그 상대는 정말 불쌍한 사람이 되는 것이다. 보고 싶은 대로 보고, 듣고 싶은 대로 듣는다. 오히려 불난 집에 부채질하는 격인 셈이다. 그것을 '정'이라 부르기도 하고 '다 널 생각해서'라고 하기도 한다. 시험에 낙방했을 때, 살이 쪄버렸을 때, 공황장애 약을 먹고 있을 때 등 나는 주변으로부터 많은 동정을 받았다. 나를 생각해주는 염려였겠지. 당사자인 나보다 더 최악을 이야기하는 사람들, 가끔은 속내를 파헤쳐 보고 싶었던 사람들의 말들도 섣부르고 날카로웠다. 그럼에도 반대로 아무 말 없이 기다려주거나 인정해주었던 사람들이 있었기에 오늘, 지금, 여기에 있을 수 있는 건 나만 아는 사실이다. 내 속 시원하자고 뱉는 말은 대부분 독이 된다. 잊지 말아야 한다.

선택하지 않은 관계

내가 선택하지 않은 관계에서만큼은 스트레스 받지 말아야지. 그렇지 않은가? 원래부터 내가, 그리고 당신이 고른 '우리'가 아닌데. 잘 맞기를 바란다는 게 지나친 욕심 아닌가.

내가 맺은 관계 중에 내 선택권이 없었던 것을 떠올려본다. 우리 부모님. 그들도 '이런 나'가 태어날 줄 몰랐고 나 역시 그들이 나의 부모가 될 줄 몰랐다. 형제, 자매는 더 기가 막힌다. 낯선 부모님과 적응해서 몇 년 잘 지내왔는데 불쑥 태어나서 자기가 내 동생이란다. 동생 입장도 만만찮다. 태어나 보니 '이 사람이 내 누나라고?' 서로 어이가 없다.

부모 형제를 지나 학교에서 임의로 배정해주는 반 친구들, 담임교사, 심지어 짝꿍까지. 당연히 내가 선택한 것이 아니기에 억지로 맞추어 가다 보면 상처를 주기도 받기도 한다. 업무로 만나는 관계 역시 그렇다. 거래처, 상사, 후배는 말할 것도 없다. 내가 선택하지 않는 관계에서 '해야 할 의무'는 다하되, 그 이상 기대하지도 말고 혹여 삐걱대더라도 당연한 거라고 생각하는 편이 좋다.

　그렇다면 내가 직접 선택한 관계는 어떠한가. 내 연인, 부부, 친구는 나의 의지로 손을 뻗은 것이니 쏟아야 할 애정과 노력, 사랑의 깊이는 더 커져야만 한다.

나에게

잘 하는 일

그림이나 음악 등 예술을 하는 사람을 볼 때면 늘 그들이 경이롭다. 아마도 그들은 천부적인 재능을 가지고 태어난 것이 아닐까 생각한다. 조금은 보편적이지 않은 시선에서 새로운 시각을 만들어 내는 일이란 참으로 대단하다. 사람은 제각각 자기만의 재능을 가지고 있다. 가지고 있는 것은 분명한데, 그것이 무엇인지 찾지 못한 경우도 많을 것이다. 그래서 경험해 보는 것만큼 나를 알기에 좋은 것도 없다. 오늘 만난 그림 그리는 그녀는 우연히 중학교 때 미술 선생님의 권유로 도자기를 하면서 미술에 가까워졌다고 했다.

우선 '해보는 것'이 어쩌면 뒤를 생각하지 않고 충동적이라 할 수 있지만, '아, 나는 이 길로 가도 되겠다.' 또는 '아 나는 이쪽으로 소질이 없구나.'처럼 확실한 답을 내려주니 얼마나 승률 높은 게임인가. 천부적인 재능도, 끝없는 노력의 산물로 그 어느 것도 의미 없는 일은 없다. 인정받지 않아도 좋다. 내가 잘하는 것이 있다는 것. 그것은 참 감사한 일이다. 당신은 어떤 일을 잘 하는가? 누군가 앞에서 '난 이것을 참 잘해'라고 당당히 이야기 할 수 있는 것이 있는가? 겸양을 미덕으로 하는 우리나라에서 무언가 잘 한다고 우쭐대는 일은 미움 사기 십상일지 모르지만 그럼에도 이야기할 수 있어야 한다.

자, 메모장을 펴놓고 하나씩 써내려가 보자. 난 뭘 잘 하는가. "저는 남의 이야기 들어주는 걸 참 잘해요.", "요리와 베이킹을 잘해요.", "새로운 것에 시도하는 것을 잘해요.", "아무리 술에 취해도 화장을 지우고 자요.", "저는 사랑에 잘 빠져요."

내 삶의 주인

나는 너무도 남의 평가에만 익숙해 있었다. 타인의 시선을 의식하고 그들에게 인정받지 못할까봐 전전긍긍했다. 특히 외적으로 드러나는 것에 민감했다. 준비된 모습이 아닐 때면, 동네 어귀에서 걸어오는 친구를 보고 다른 방향으로 길을 튼 적도 있다. 아, 이 얼마나 자존감 낮은 모습인가. 오랜 시간 고민했다. 낮은 자존감의 원인은 무엇일까. 어딜 가도 '자존감, 자존감' 이야기를 하는데 정말 그 뿌리가 궁금했다.

아주 작고 예쁜 아가들 중에 자존감이 낮거나, 태아 때부터 자존감이 낮은 경우는 없다. 그렇다면 결국, 원인은 성장하면서 사랑받지 못했기 때문일까? 갓난아기 때부터 양육자와 맺는 애착형성이 자존감에 큰 영향을 준다고 한다. 사람은 어쩔 수 없는 사회적 동물임이 여실히 드러나는 대목이다. 태어나면서부터 작은 몸짓 하나에 반응하는 주변 사람들의 모습을 보고 자기 자신을 인식하는 것인데, 그것이 얼마나 긍정적이냐에 따라 성격이 빚어진다는 것이다.

　다시 태어날 수도 없는 노릇인데, 그럼 우리는 어떻게 해야 하는가? 낮은 자존감으로 평생을 살아야 하는가? 이제라도 끈끈한 애착을 형성할 누군가를 곁에 두어보자. 있는 그대로의 나를 사회적 잣대에 비추어 비난하는 사람들의 말에는 귀를 닫아버리자. 나는 누구를 따라하기보다 '나'다울 때 가장 아름답고 매력 있다는 것을 되뇌고 되뇌자. 내 기준에서 허용할 수 없는 이야기는 흘려보내자. 무한한 사랑으로 거듭나, 나는 내 삶의 주인이어야 한다.

거짓으로 점쳐진 것들

'나는 여태껏 최선을 다해 거짓으로 살았구나.'

귓가에 커다란 징소리가 울리는 듯했다. 전화기에 저장되어 있는 사진을 역순으로 돌아보았다. 거의 대부분의 사진들이 눈앞에 놓은 순간의 흔적을 남긴 것이거나 남의 것을 저장해 다운 받은 사진이었다. 즉, 직접 가보지도 않았고, 내 감각에 닿은 적 없는 대상들이 가득했다. 타인의 시각으로 포착된 순간들이 마치 내 취향인양 어우러지지 않는 어색함으로 저장되어 있었다.

그렇다면 내가 직접 셔터를 눌러 찍은 것들은 얼마나 되는지 의식적으로 찾아보기 시작했다. 구도가 예쁘지 않아도, 색감이 촌스러워도 '내 것'이어서 아름다운 사진들이 제법 있었다. 어쩌다 찍혔는지 모를 어느 건물의 모서리도, 흐리게 빛이 번져 형체를 알 수 없는 것들까지 그때 그날의 냄새가 났다. 사람이 찍힌 사진은 그 느낌이 더욱 완연했다. 숨길 수 없는 미소가 얼굴에 꽃처럼 펴있고 주변 사람들과 그 기운을 나누고 있었다.

시간이 지나도 간직해야 할 것들은 이토록 자연스러움을 내뿜고 있다. 그럴싸해도 부자연스러운 것들이 만연해 있는 이 세상에서 내가 더욱 나로 존재하기 위해서 가져야 할 것은 단 한 장이더라도 자연스러움, 그리고 완전한 내 것이어야 할 것이다. 내일은 오늘보다 더 자연스러워지길 바라며 잠에 든다.

나마스떼

인도와 네팔에서는 사람마다 제 안에 고유의 신이 있다고 믿는다. 그래서 인사를 할 때, '나마스떼'라고 하는데, 이는 '당신의 신에게 존경과 경의를 표합니다'라는 뜻을 담고 있다고 한다. 어쩐 일인지 종종 만나는 당신이 내게 'namaste'와 'peace'가 앞뒤로 적혀있는 반지를 선물했다. 요즘의 삶이 너무도 완벽하다는 당신이 마냥 부럽기도 했고, 한편으로 나도 당신처럼 될 수 있지 않을까 하는 희망을 가졌다. 당신은 몸과 영혼을 매일 요가로 수련하며 하루하루를 갈고 닦았다. 그러나 나에게 육신은 내 영혼이 담겨있는 껍데기에 불과했기에 그런 당신의 노력에 크게 공감하지 못할 때도 있었다. 그러나 오랜 달리기 후에 맑아지는 정신과 깊은 명상 뒤에 편안해지는 호흡을 깨달으니 육체와 영혼의 긴밀한 연결이 와닿기 시작했다. 우리의 육신을 보면 평소의 생활습관, 정신세계, 영혼의 상태까지도 알 수 있는 것이라 왠지 몸에게 미안하고 반성이 이어졌다. "내 영혼이 육체의 주인이라면, 과연 나 스스로에게 '나마

스떼' 할 수 있는가" 되물었다. 몸을 바르게 쓰는 것. 어쩌면 내 정신과 영혼이 건강하게 잘 유지되고 있는가에 대한 방증이 아닐까.

진짜 어른

어른이라는 단어가 가지는 의미는 무엇일까. 훌륭한 사람, 성공한 사람, 나이 많은 사람이 어른이라 할 수 있나. 내가 생각하는 진짜 어른은 '경청과 공감' 이 두 가지를 할 줄 아는 사람이다. 그런 어른이 되고 싶었다. 어쩌면 그런 어른을 만나고 싶어 찾아 헤맸는지도 모른다. 왜 사람은 나이가 들수록 서서히 귀를 닫고 입을 더 많이 열게 되는 걸까. 나를 어른이라고, 닮고 싶은 어른이라고 꼬마들이 생각했으면 좋겠다. 그게 아니라면 '아, 저 사람처럼만 살지 말자'라는 생각은 들지 않았으면 한다. 얼마 전 글쓰기 수업에서 만난 어른은 오랜만에 만난 참어른이셨다. 당신보다 어리고 철없어 보일지 모를 나의 이야기에 진심으로 경청하시며 공감해 주셨다. 좋은 사람, 좋은 책, 좋은 환경을 주변에 가까이 두어야 하는 이유를 체감한다. 더 나은 내가 되기 위한 초석이므로.

행복 시작

행복은 기쁜 감정의 강도가 아니라 기쁜 순간의 빈도가 잦을수록 크다고 한다. 즉 인생 한 방은 생각보다 그리 행복하지 않다는 뜻이다. 실제로 복권이나 큰 성공으로 한번에 모든 걸 얻은 사람도 얼마 시간이 지나면 그 전처럼 또다시 더 큰 행복을 갈구한다고 한다. 기쁨의 빈도라니, 자주 자주 기쁘기 위해서는 단 하나의 방법밖에 없다고 생각했다. '사소하지만 내가 뭘 좋아하는지 알기.' 그거면 될 것 같았다. 밥 먹고 마시는 연한 아이스 아메리카노는 매우 사소하지만 기쁨을 주는 요소다. 그 커피를 들고 잠시 걷다 요즘처럼 더운 날, 에어컨이 시원하게 나오는 서점에 들려 책 구경을 하면 기쁨 하나 더 추가다. 이렇게 하루를 채우다보면 작은 순간들이 모여 큰 행복 뭉치가 되기도 하더라. 단, 용기가 필요하다. 내가 싫은 건 합리적인 선에서 하지 않는 것. 이것만으로도 행복 시작이다.

5년 후

쓰고 싶은 글이 아직 너무도 많다는 건 불행 중 다행이다. 글감을 떠올렸을 때 이렇게 설렌다는 건 분명 나에게 좋은 일이므로 참 감사하기도 하다. 여전히 스스로에게 질문한다. '지금 잘하고 있는 건지. 정말 이렇게 사는 게 맞는 건지. 내가 하고 싶은 걸 한다고 누군가에게 민폐는 아닌지' 끝없이 나를 의심하고, 내 선택을 반추한다. 여러 가지 생각이 교차한다. 당장 5년 뒤 모습이 그려지지 않는다. 물론 5년 전 나는 지금 내 모습을 꿈에도 못 봤으니 정말 인생사 새옹지마라 할 수 있다. 세상은 빠르게 변하고 흘러간다. 유독 고민이 많고 예측조차 확신이 되지 못하는 하루다. 누군가를 응원하는 일은 쉽지만 어렵다. 침묵 그리고 행동이 가장 힘이 되지 않을까 하며 오래전 지나가다 읽은 어느 책방 사장님의 말씀이 떠오른다. '당신이 좋아하는 그 작가를 응원하는 일은 작가의 책을 사서 보는 것이에요.' 난 묵묵히 내가 할 일을 해나가야 한다.

흐름

흘러가는 것에 대해 생각했다. 흐르지 않는 것은 단 하나도 없었다. 생각도 관계도 일도, 소리도 노을도 모든 것이 흐르고 있었다. 우연한 기회로 우리의 관계는 흘러 흘러 서로의 안식처가 되기도 한다. 흐를 때 중요한 것은 속도가 아니라 방향이다. 그 방향은 어쩌면 처음에 이미 정해져 있을지도 모른다. 서로가 서로를 편하게만 대했던 우리가 편함을 넘어 서로에게 무례함을 보일 때 더러워진 내 생각과 입을 막아야만 했다. 선을 넘는다는 것, 도를 지나친다는 것, 그것은 본인의 불안함과 쫓기는 마음을 바닥까지 드러내는 일이었다. 여유로운 사람은 '정도'를 알았다. 그 적당한 정도, 즉 중용의 자세를 늘 닮고 싶었다. 어떤 날카로운 말이 선과 도를 지나쳐 날아와도 유연하게 흘려보내고 싶다. 아침시간을 요가로 흘려보내는 요즘, 마음을 갈고 닦아 수련해야 함을 느낀다.

상처

상처가 있는 사람은 상처의 냄새를 귀신같이 잘 알아서 타인의 깊은 상처도 금세 눈치를 챈다. 안 좋은 일이 생길 때마다 속으로 되뇌는 말이 있었다. '그래도 이런 사람이랑, 이런 일 겪으면서 너는 또 성장할거야' 세상에는 잃기만 하는 것도 없고 얻기만 하는 것도 없다. 상처가 두려워 모든 것에 거리를 두는 당신의 이야기에 공감했었다. 그러나 겪지 않으면 역시 나아갈 수 없으므로, 나에게 일어나는 모든 일에 이유가 있을 거라고 뒤집어 생각했다. 자기반성을 많이 하는 요즘이다. 부족함만 많이 느끼면 자존감과 자신감은 바닥을 친다. 누가 그러더라. 부족함을 느끼면 앞으로 나아갈 일만 남았다고, 늘 만족하고 살면 계속 그 자리에 머물지 않겠냐고 말이다. 나는 조금 더 성장하고 나아가고 싶다.

필요한 용기

　부조리한 일 앞에서 목소리 낼 수 있는 사람이 되고 싶다. 이 말은 지금의 난 그렇게 용기 있는 인간이 아니라는 것이다. 무엇이 두려울까? 내 입장에서 부당하다 느끼는 것들을 하나하나 이야기했을 때, 상대가 나를 불편한 사람으로 볼까 두려운 것인가. 그런 이유라면 나는 여전히 타인의 시선과 평가에서 벗어나지 못하고 있다는 이야기다. 해야 할 말은 뱉어져야 한다. 오히려 그랬을 때 나를 향한 시선을 다르게 돌릴 수 있다. 사람의 겉모습만 보고 하대하며 모욕을 주던 당신 앞에서 나는 그 사람을 지켜내지 못해 내내 마음이 걸린다. 방관자 역시 죄가 있다면 나 역시 그에게 사과해야 할 텐데 정작 본인은 아무 생각 없이 지낸다. 늘 그렇듯 가해자보다 피해자가 마음 아픈 세상이다. '나'부터 잘하자고 반복한다.

아님 말고!

만난 지 얼마 되지 않아도 마치 서로가 영혼의 단짝인 듯 친해지는 사람이 있다. 기다렸다는 듯 서로가 서로에게 마음을 열고 이야기에 귀를 기울인다. 우리는 그렇게 생각하지 못한 때와 장소에서 친구가 되기도 한다. 환한 눈웃음으로 다가온 그녀는 자기가 가장 좋아하는 말 네 가지를 알려주었다. 첫째, 시작하지 않으면 아무 일도 일어나지 않는다. 둘째, 끝날 때까지 끝난 게 아니다. 셋째, 그럼에도 불구하고. 넷째, 아님 말고! 나는 여기 네 개의 문장 중에 마지막 '아님 말고'가 가장 와닿았다. 사실 '아님 말고'라는 말은 무언가 일을 저지른 후에야 성립되는 말이다. 무책임한 태도가 아니라 할 만큼 해보고 내가 즐겼다면 그 이후에는 놓아 내려버리라는 뜻이 내포된 것이겠지. 어쩌면 우리가 많이들 미련에 빠지는 이유는 할 만큼 다 해보지 않아서가 아닌가 돌아보게 된다. 관계의 독 속에서도 사람을 만나고 이어가는 이유는 이러한 배움에 있는 것이다.

나를 수식하는 말

　내게 굳이 무언가가 되지 않아도 괜찮다고 말해줄 사람이 필요했다. 그냥 너 그대로면 괜찮다고, 있는 그대로를 가치 있게 받아들여 줄 사람이 필요했다. 왜냐하면 그때의 나는 어렸고 불안했으며 혼자 감당하기 힘들었으니 말이다. 그때 그런 사람이 곁에 있었다면 지금의 나는 다른 모습으로 이 자리에 있었을까. 나를 소개하는 무수한 당신들을 보았다. 나를 소개할 때, "이 친구는 이런 감정을 가졌고, 또 이 친구는 무얼 좋아하는 친구예요"라고 하는 사람은 아쉽게도 없었다. 대부분 "이 친구는 곧 교사가 될 거구요"라든지 "이 친구는 글을 쓰는 작가구요"와 같이 내 존재는 직업으로만 대변되었다. 물론 전형적이고 형식적인 인사다. 그런데 어딘가 마음이 쓰렸던 이유는 무엇이었을까. 아마 '무언가 되지 않으면, 또는 무언가가 되어도 기대에 미치지 못하면 어떡하지?' 하는 괜한 걱정 때문이었으리라. 더 이상 사람을 상품처럼 인식하지 말아야 한다.

중심부 그리고 변방

내가 어렸을 때만 해도 '오른손'을 '바른손'이라고 불렀다. 그래서 오른손을 사용하면 바른손잡이라 했고, 왼손잡이는 괜히 어른들에게 질책을 받기도 했다. 많은 사람들이 사용하면 바르고 옳은 것이 되는가? 소수의 것은 언제나 변방으로 자리가 밀려난다. 내가 생각하는 많은 가치관과 평소에 가지는 감정들은 다수의 것이라서 지금까지 나누어질 수 있었을까? 그런 나 자신에게 고마워해야 할 일인 것인가. 다양한 것을 경험하고 간접적으로 읽고, 들을수록 우리는 세상을 이해하는 눈이 더 넓어진다. 반면 많은 것 속에서 자기가 가진 것을 더욱 견고히 다지는 사람이 있다. 편협함 속에 빠지지 말아야 한다. 다수와 소수, 나는 어디에 속하는가? 중심부와 변방, 어느 곳에서 더 의미 있는 변화가 일어날 수 있을까 고민했다. 중심부에 고여 있지 말되 변방을 잃지도 말아야 한다.

스위치를 끌 시간

구김 없이 해맑은 어른으로 자라는 일이 이렇게 힘든 일인지 몰랐다. 나는 너무도 구김이 많고 맑지 않아서일까. 원망도 하고, 여전히 많은 고민으로 밤을 보낸다. 그럼에도 내가 할 수 있는 최선의 행동과 사고를 떠올려 본다. 모두에게 처음인 오늘이고, 모두가 예상하지 못한 채 일이 흘러가도 그 끝에 나 자신이 가장 먼저여야 한다. 누군가에게 물어서 답이 나오는 일이 아니라면, 물어보는 일 자체로도 지쳐버릴 때가 있다. 내가 해결할 수 없는 일로 힘들 때는 어떻게 해야 하냐고 물었다. 누구도 명확히 답을 주지는 않았다. 그저 잠시 잊고 묻어두고 조금씩 정리될 때까지 기다리는 것. 기다리는 시간이 고통스럽다면 잠시 떠나있는 것. 물리적으로 분리가 힘들다면 정신적으로라도 잠시 떨어져 있는 것이 그나마 내가 할 수 있는 일이다. 머리와 마음의 스위치를 끄자.

글이 책이 되어

어릴 때만큼 명절이 반갑지 않은 걸 보니 제법 눈치도 생기고 나만의 신념도 생겼나 보다. 탄탄대로일 것 같던 앞날에 내 눈에도 뿌옇게 흐린 안개가 비치는데, 기대를 걸었던 사람들의 눈빛은 이제 마주하기도 민망하다. 나 혼자만의 생각이란 것을 잘 안다. 생각보다 이 세상에는 내 걱정을 오래도록 해주는 사람이 적다. 잠깐 스쳐가며 해주는 진심어린 걱정도 자기 자신에게 닥친 일 앞에서는 으스러져 버린다.

명절 즈음 되면 으레 현실직시를 하게 된다. 이 사회 속에서 내 위치와 상황을 인식하고 인지하게끔 만든다. 좌절할 필요도 거만해할 필요도 없다는 것을 깨닫는다. 기준과 잣대는 내가 가지고 있는 것이니 스스로 만족하려 노력해야 한다. 글을 오래 쓰고 싶다. 만족하는 글을 언젠가는 쓰고 싶다. 처음부터 그랬지만 글이 책이 되고 나면 다시는 그 책을 펼쳐보지 않았다. 얼마나 부끄럽고 모자란 느낌인지 스스로 용기가 가상하다 싶은 적이 많다. 이런 나에게 누군가는 성장하고 있다는 증거라고 말해준 적이 있다. 내 필력이 늘어서라기보다 이 불온전한 마음을 늘어놓기만한 글들이 책이 된다는 것에 자신감을 가지지 못한 탓은 아닐까 한다.

지금 이 순간을 위하여

마음이 편안해지길 바란다. 육체적 피로보다 우리는 정신적 피로에 더 취약하다. 무엇이 날 고민하게 만드는가. 무엇이 내 마음을 요동치게 하는가. 날 저물도록 은근한 긴장감이 나를 감싸고 있다. 나는 내가 차분해질 수 있는 방법을 잘 안다. 일종의 정신승리이기도 할 테지. 사실 난 아무것도 아닌 존재다. 내 말과 행동이 이 세상에 그리 큰 영향도 미치지 않는다. 부정적으로 보는 시선이 아니라 좀 더 넓게, 멀리 보는 것이다. 당장 이런저런 일로 죽을 것 같아도 내가 정확한 때에 할 수 있는 일을 했다면 그걸로 생각을 버려야 한다. 이 광활한 우주에서 나는 먼지만큼 미약하고 미미한 존재라 내 실수나 잘못에 또는 잘못된 선택과 관계에 사람들은 관심을 오래 두지 않는다. 때에 따라, 그때그때 할 수 있는 선의를 다 하고 그 후에는 생각을 하지 말아야 한다. 정신적 피로를 덜어내야 한다. 지금을 위해, 순간을 위해.

그 시절 나에게 필요했던 이야기

이른 아침, 집밖을 나설 때 코끝이 차가운 걸 보니 곧 수능이 다가오나 보다. 어느 고등학교에서 수능이 끝나면 아이들에게 들려줄 수 있는 유의미한 이야기가 있을지 강의 요청을 해왔다. 안 그래도 오기 싫은 학교일 텐데, 수능이 끝난 아이들에게 어떤 이야기가 필요할까 고민했다. 처음 단순히 떠오른 것은 '이성' 관련 이야기였지만 나보다 더 잘 알아서 하고 있을 테니 조금 더 진지하지만 그때 누가 나에게 해줬으면 좋았을 이야기를 쭉 떠오르는 대로 나열했다. <부모님과 타협하지 말 것>, <아무에게 도움 받지 않고 다른 지역, 다른 나라도 좋으니 살아볼 것>, <물질적인 것에 투자하기보다 내면을 채우는 것에 돈과 시간을 투자할 것>, <타인의 시선에서 자유로워질 것>, <관계에 너무 집착하지 말 것> 등 쓰고 보니 아이들에게 소위 '꼰대' 같을 수 있겠지만 개중에 단 한 명의 아이의 마음에라도 오래 남아 좋은 영향을 줄 수 있기를 바란다.

나다움

　내가 사는 모든 물건들이 나를 대표한다고 볼 수 있는가? 내가 입고 쓰는 모든 것들은 나를 나타내기에 충분하다 생각하는가. 혹시 한번 읽었다고 해서 그 책이 온전히 내면화 되었다고 착각하진 않았나? 대체 나의 개성, 스타일은 무엇인지 고민했다. 이케아에서 산 스탠드가 내 개성을 나타내는가. 앙리 마티스의 모작을 걸어둔 액자가 당신의 스타일을 대신한다고 생각하는가. 우리는 우리의 개성을 있는 그대로 드러내는데 두려움을 가지고 있지는 않은지 스스로에게 물어야 한다. 남을 의식하지 않은 채 드러나는 자유로움에서 '나다움'은 피어난다. 사실 이 세상은 단 한 번도 흑백인 적이 없었다. '흑백'은 사진으로만 보던 것이니 지금 우리 눈앞에 반짝이는 무수한 빛깔 중 하나인 나의 개성을 구태여 유행하는 무언가에 가두지 말자. 나만의 색을 가진 삶이 되어야 한다. 잘 하고 있단다.

감사한 순간

　　모두들 자기 기준과 경험 안에서 사니까 당연한 일이다. 인정하지 않아도 그만, 우습다고 비웃어도 그만, 감성이라는 말로 능욕해도 그만이다. 내 안의 감수성이 넘쳐흘러서 글로 표현하고, 글로써 객관화하며 나 자신을 돌아보기에 글쓰기만큼 좋은 것은 없으니까. '언제까지'라는 끝을 두고 달려오지는 않았다. 미래만 바라보며 순간의 행복을 딱딱한 의자와 책상에서의 12시간에게 내주어야 했던 때와 다르다. 하루를, 순간을 보고 있으니 그러다 보니 한 달, 석 달, 1년이 지났다. 글을 보며 위로받았다는 이야기, 다음 책을 어서 내달라고 하는 이야기, 어쩔 줄 몰라하던 사람들의 눈빛이 아마 평생 기억이 될지도 모른다.

그때 난 그게 최선이었어

자책할 일 아니라고 말해주고 싶다. 물론 나에게 말이다. 사람이 왔다가 떠나는 일은 인생사에 일상다반사 아닌가. 나도 누군가에게 잠시 머물렀다가 나만의 이유로 또는 둘의 화합되지 않았던 그때의 이유로 떠나온 적이 있지 않았나. '자책'만큼 자존감 하락에 부정적 영향을 주는 것도 없다. 비가 내리는데 곤히 생각에 잠겨 나를 스쳐간 지난 사람들과 조우한다. 무의식적으로 가장 먼저 든 생각은 '내가 뭘 잘못했을까?'였으니, 그 관계에서 나는 스스로를 당연히 무언가 잘못을 만든 문제아로 치부해버렸다. 아니, 사실 감정이 쌍방향으로 흐르듯 모든 일의 인과는 서로에게 책임이 있는데, 이런 자기 연민은 나를 더 바닥으로 내몰 뿐이다. 좀 뻔뻔해지자. '그래서 뭐? 그때 난 그게 최선이었어. 우리가 그냥 좀 다른가보지 뭐. 지나간 일인데 어떡하라고.'

남에게도 못할 말, 왜 나에게 하는가

남에게 못할 말은 '나'한테도 하지 말자. 나를 사랑하는 방법은 대단히 어렵지 않다. 남에게 지키는 예의를 나 스스로에게도 지키고, 오히려 남보다 더 각별히 소중하게 대해야 한다. 오랜만에 만난 친구가 어쩐 일인지 살이 좀 붙었더라. 건강이야 친구가 어련히 알아서 챙길 것이고 나는 포동포동 귀엽기만 한 친구 모습이 사랑스러웠다. 그런데 내가 찐 살은 얼마나 미워 보이는지 왜 남보다 나에게 더 너그러울 수는 없는가. 남의 잘못이나 실패는 충분히 그럴 수도 있는 실수이고 나의 실패는 자괴감에 몇 날 며칠을 책망할 사유가 된다. 자존감은 다른 게 없다. 남을 대하는 만큼만. 처음 보는 누군가에게 적당히 지키는 선만큼만 지켜도 좋겠다. '남에게도 못할 그 심한 말, 왜 나에게 하는가.' 따져 물어야 한다.

팔레트

취향은 확실할수록 좋다. 아니, 내 취향이 무엇인지 알고 있는 것도 능력이다. 이렇게나 만물과 정보가 흘러넘치는 홍수 속에서 '내가 돈과 시간을 들여도 아깝지 않은 것. 그것으로 내 기분이 편안하고 좋아지는 것. 또는 내가 그것으로 인해 더 나은 사람이 될 수 있는 것'이 명확하다면 얼마나 합리적이고 이득일까. 여기에서 기준은 오로지 '나'인데 요즘 우리가 향유하는 것들에 '나'는 얼마나 존재하는가? 오늘 만난 당신은 '유행하는 것'에 느끼는 반감을 이야기했다. 가령 카페나 음식점에서 자기만의 개성이나 철학을 고집할 때, 더 나은 무언가가 나올지도 모른다는 것이다. 아마 대상만 다를 뿐 같은 맥락에서 글, 영화, 디자인 등 대부분이 해당될 거라 생각한다. 난 개똥철학도 철학이라 믿는다. 엄한 고집보다 나의 색깔이 뚜렷하기를, 다같이 '하나의 색'보다 우리가 눈으로 보는 만큼의 '다양한 색'이 발현되었으면 좋겠다.

자기검열

"말하기 전에 세 번만 생각해보라는 말 있잖아요. 사실 이게 매번 쉬우면 누가 말실수를 하겠어요. 대놓고 거친 욕설을 하거나 누군가에게 막대한 피해를 주는 말들 아니고서야 어떻게 매번 자기검열을 하면서 대화를 하겠냐는 말이에요. '좋다, 싫다, 서운하다, 짜증난다' 이런 내 상태도 표현 못하고 꾹 참으면 안 그래도 내 마음대로 안 되는 세상인데 좀 억울하지 않나요. 말이라는 게 나도 모르게 생기는 습관 같은 거라 쓰다 보면 내 것이 되어버리는 건 시간문제예요. 거친 입도 좋지 않지만 너무 참아도 좋지 않아요. 하고 싶은 말과 하고 싶은 행동, 적당히 하면서 살아요. 속상할 수도 있지만 그걸로 크게 세상이 변하거나 하지는 않더라구요. 그러니 내 마음이라도 편안하게 하면서 삽시다. 우리."

뚝심

성실하게 꾸준히 끌고 갈 수 있는 힘이 중요하다.

내 마음에는 '뚝심'이랄 것이 없었다. 쉽게 빠진 만큼 쉽게 놓아버리기도 했다. 돌아서 보니 성실함만큼 지나온 길을 밝혀주는 가치가 있을까 싶은 것이다.

한 해의 시작은 종종 그랬듯 여럿이 모여서 올해 목표를 물었다. 내일이라도 당장 실현가능한 작은 소망부터 운과 노력이 잘 맞아야만 이룰 수 있는 원대한 꿈까지. '새해'가 뭐라고 마음마다 좌절보다 희망들이 가득했다. 무어라도 이루기 위해서, 아니 이루지 못하더라도 허무함을 남기지 않기 위해서 하루하루 성실해야겠다고 다짐했다. 성실과 노력의 대가가 혹여 눈에 보이지 않더라도 삶에 진지하게 임했던 나 자신이 밉지는 않을 테니까.

매년 1월이면 다이어리를 산다. 그리고 맨 앞장에 그 해의 동기부여에 대한 단어를 한 단어나 구절로 적어둔다. 작년의 단어는 '홀로서기'로 이번 해는 '성실과 꾸준함'으로 쓰였다. 이 겨울이 돌아 다시 12월의 겨울이 왔을 때 지난 시간을 어떻게 회상할 수 있을까.

상대성

시간, 상대적인 시간을 느낄 때가 있다. 늘 다니는 구간인데도 혼자 타고 가면 그렇게 지루하고 오래 걸리는 지하철이 친구와 수다를 떨다 보면 금세 목적지에 도착해 있는 것이다. 어차피 주어진 시간과 삶, 그리고 흘러가버릴 시간이라면, 조금 더 즐거워서 흘러가는 지도 모르게 보내면 좋겠다. 어차피 가버릴 것들이라면 말이다. 좋아하는 영화 <우리들> 속 대사가 생각난다. "싸우기만 하면 우리는 언제 놀아?"

더 많이, 함께

영화에 나와서 유명해진 구절. <웃어라, 온 세상이 너와 함께 웃을 것이다. 울어라, 너 혼자만 울게 될 것이다> 이 구절이 머릿속에 둥둥 떠다닌다. '기쁨은 나누면 배가 되고, 슬픔은 반이 된다.'는 통속적인 이야기에 뒤통수를 세게 맞았다. 사실 세상은 기쁨은 나눌 수 있어도 슬픔은 나눌 수 없다고 일상 구석구석에서 말하고 있다. 아닌 척 하며 살아도 남의 행운과 불행을 엿보며 스스로를 위안하기도, 배 아파하기도 하지 않는가. 누가 나를 위로하고 있을 때는 이미 나 혼자, 철저히 혼자 온 슬픔을 흐느낀 뒤가 더 많았다. 결국 슬픔과 불행 앞에 그 무게를 짊어져야 할 사람은 나 혼자다. 내 손으로 눈물을 닦을 줄 알아야 타인의 위로도 곡해 없이 받아들일 수 있다. 자기 연민의 시간은 잠시면 충분하다. 싸늘하고 냉소적이지만, 난 저 구절을 좋아한다. 그러니 혼자 울고 악을 지르고 털어내자. 그리고 더 많이, 함께 웃는 쪽이 낫다

행복은 사건이 아니다

"그냥 끝까지 잘해줘 보는 거야. 그래야 되는 거야. 그래야 그 사람의 진짜 진가가 드러나거든. 눈치 좀 보지 말고 살자. 언제까지 눈치 보고 살 거야."

이 순간 지금 여기에 존재하기 위해서는 남의 눈치를 보지 않아야 한다. 배려? 배려는 내가 상대보다 가진 것이 많을 때나 하는 것이다. 동등하거나, 아니 내가 더 약자인데 배려는 무슨 배려인가. 그것은 돌아보니 배려가 아닌, 배려인 척 했던 끌려감은 아니었나. 지나친 개인주의라는 생각이 드는가? 그럼 반대로 이타적이어야 인생이 행복해질 거라 생각하는가. 그렇지 않을 것이다.

사람마다 순간의 욕망이 있다. 그때그때 감정과 느낌을 잘 누릴 줄 아는 것도 행복할 줄 아는 힘이다. 행복을 유예하지 말자. 지금 이 글을 읽고 있는 이 순간, 이 느낌이 어떤지 스스로 질문하고 감정을 잘 살피면 거기서부터 시작이다. 지금 내 옆에 따뜻한 우유 한 잔이 부드럽고 고소해서 딱 좋은 이 기분처럼 행복은 거창하지 않다는 것을, 그리고 행복은 사건이 아니라 그때그때의 감정이라는 것을 기억해야만 한다.

뻔뻔함

    뻔뻔해지고 싶다. 여려서 남 눈치 보고, 타인의 시선만 의식하면서 살면 흘러가는 내 인생만 아까우니까. 그냥 좀 정직하고 솔직하게 그리고 뻔뻔해지고 싶다. 노력하면 조금은 달라지지 않을까 해서 하나씩 행동강령을 만들었다. 여러 가지 수칙을 만들어 하루에 하나씩 실천해보는 것이다. 누구나 스스로가 당당해지기를 바란다. 당당한 삶을 꿈꾼다. 당당하려면 직면하기보다, 때로는 뻔뻔하게 에두를 수 있어야 한다. 나를 질타하는 한마디, 나를 비난하고 욕하는 그 목소리에 흥분하기보다 같이 웃어주면 더 좋은 것이다. 인정받고 싶고, 사랑받고 싶은 욕구는 아마 관뚜껑이 닫히기 전까지도 유지될 것이다. 죽기 직전까지 타인의 인정에 목말라야 하다니, 상상만으로도 끔찍하다. 그래서 지금부터라도 연습해야 한다. 그리고 이제는 깨달아야 한다. 인정에 목마를수록 나는 더 고독해질 것이라는 걸 말이다.

취향, 그리고 신념

"좋아하는 걸 하나씩 하나씩 포기하다 보면 인생에 결국 남는 건 무엇일까. 그럼에도 내가 진짜 포기할 수 없는 건 무엇일까." 울고 웃었던 여행에서 돌아오는 길에 영화 <소공녀>를 보며 든 생각이었다. 영화 속 주인공 미소는 집이 없어도 담배, 위스키, 사랑은 포기할 수 없다고 했다. 그만큼 지키고 싶은 나만의 취향과 개성 그리고 사랑이 분명하다는 게 참 부러웠다. 나는 어떤 것들을 포기하며 살고 있는지 돌아보게 되었다. 그 와중에 극중 미소처럼 내가 포기할 수 없는 것은 무엇인지 개수와 상관없이 써내려갔다. 매일 한 장이라도 읽어야 하는 책, 가끔은 돌아오는 표를 끊지 않고 떠나는 여행, 사랑하는 사람과 보내는 편안한 시간, 강아지와 코를 비비고 발 냄새를 킁킁대는 시간, 반신욕을 할 수 있는 욕조 등. 나는 이렇게 내 취향을 만들어가며 비로소 '나'가 되어간다. 흉내 낼 수 없는 '나'의 모습은 결국 포기할 수 없는 내 취향과 가치관, 신념으로 만들어진다.

지피지기

　사람 심리라면 귀신같이 꿰뚫어 보는 그 사람은 그 능력을 직업으로 삼아 명의가 되었다. 언젠가 한 번 나에게 말했었다. "사람 기분 좋게 하는 것도 할 수 있지만, 단 몇 마디로 되돌릴 수 없는 상처를 주고 정 떨어지도록 치욕을 줄 수도 있어." 사람이 어떤 감정에 쉽게 두려움을 느끼는지, 어떤 메커니즘 속에서 어느 단계를 건들고 무너뜨리면 사람이 괴로운지 충분히 관조하고 있었다. 나는 무엇을 두려워하나. 또 언제 괴로워하나. 아무리 나를 잘 모른다 해도 가시 돋친 이야기가 속살 깊이 박히면 털어내기까지 시간과 노력이 필요했다. 사실, 내가 언제 괴로운지 잘 알기에, 남에게 어떻게 하면 상처를 줄 수 있는지 나 역시 잘 알고 있다. 그러나 그렇게 하지 않는 이유는 그 역시 얼마나 상처가 오랜 잔상으로 남는지 알기 때문이다. 모국어를 예쁘게 사용하는 사람이 좋다. 하지만 예쁘지 않아도 좋으니 입에서 가시만큼은 내뱉지 말아야 한다.

좋아서 그랬어

내가 조금 잘해보려 하면 망가져버리는 것들이 많았다. 애쓸수록 더욱 결과는 처참했다. '나는 잘 해보려고 했는데', '좋아서 그랬던 건데'라는 혼잣말만이 공허한 마음에 떠다닐 뿐이었다. 내 탓을 하는 게 가장 편해서 그랬을지도 모른다.

처음으로 생명의 무게를 양손에 받들었던 때, 나에게 온 작은 열대어 한 마리에 온 힘을 다해 사랑을 쏟았다. 물도 자주 갈아주고, 밥도 많이 챙겨주었지만 하루 아침에 허연 배를 뒤집고 물에 떠있는 것을 봤을 때 지독한 책임감이 몰려왔다.

'정'이 너무도 무섭다. 물건, 동물, 사람할 것 없이 관계를 맺으면 책임감만큼의 정이 쌓여 나를 따라다닌다. 쉽게 맺지 않은 만큼 쉽게 떨쳐내기 힘들단 말과도 같다. 그렇기에 노력한 내 모습을 자책하지 말아야 한다고 다짐한다.

어떤 선택을 했더라도 후회는 남는 것이고, 망가질 수 있는 것들이라서. 내가 어떻게 했어도 결과는 그렇게 될 것이었다고. 그렇게 생각해야 내가 다른 것을 또 사랑할 수 있을 테니까. 나를 지키는 파수꾼이 되어야 한다.

흉내 낼 수 없는 고유의 것

나만이 할 수 있는 일을 하고 싶었다. 그 말은 내가 제일 잘 할 수 있는 일을 찾는 것과 같았다. 그 누구도 흉내 내지 못할 나만의 것을 했을 때, 그 가치는 매길 수 없을 정도로 치솟는다.

사람마다 가진 능력, 약점과 강점은 모두 다르다. 그것들이 사회적, 환경적 잣대에 획일화되어 묻혀버리는 것은 안타깝고 아쉬운 일이다. 재미있고 흥미로운 일, 시간 가는지 모르게 몰입할 수 있는 일. 게다가 내가 하면 더 빛나는 일은 반드시 있다. 자기 안에 답이 있을 수 있고 앞으로 경험하면서 찾아야 할 수도 있다. 혹여 답을 찾지 못한다 해도 쓰다 버려질 소모품보다 값어치 있는 시간이라 단언할 수 있다.

'나만이 할 수 있는 일'이 있었는데, 그게 대체 뭐였는지 기억조차 못하는 빛바랜 회색인간은 되지 말아야 한다. 나만의 화려한 색이 될 수 있는 일이 공부인지 요리인지, 음악인지, 미술인지는 자기 자신만이 안다. 알지만 나아가느냐, 머물러있느냐의 차이는 종잇장만큼 가볍지만 넘기기 어려운 '용기'의 무게는 바위만큼 무겁다.

기회

어떤 형태로든 인생에 기회는 자주 오지 않으니, 난 그것을 손 안에 꽉 쥐어야만 했다. 의심할 여지없이 코앞에 닥친 일만 볼 줄 알았다. 당장 이익이 되면 그것은 기회라 할만 했고 당장 심장이 뛰면 그것은 사랑이라 말할 수 있었다. 그때의 내가 조금만 멀리 볼 줄 알았다면 아마 그 기회는 사실 '위기'였단 걸 알아차렸을 것이다. 난 의심할 줄을 몰랐다. 합리적으로 의심하고 또 다시 짚어보고 차근차근 알아보는 일은 내게 도움까진 몰라도 손해를 끼치진 않는다는 걸 이제야 깨닫는다. 사람도, 일도, 어떤 상품까지도 오래 두고 볼 줄 알아야 한다. 빨리 선택하도록 종용한 것은 오직 '나'였다. 그리고 선택의 몫은 오로지 내 것이므로 책임도 내가 져야했다. 모든 일은 나에게 유리하게 흘러가고 있다고 입이 마르도록 이야기했다. 기회의 탈을 쓰고 나에게 온 '위기'까지도 다시 기회로 만드는 것은 결국 내 능력이지만 그럼에도 합리적인 의심을 늦추지 않아야 소중한 '나'를 지킬 수 있다.

실패자

"진짜 실패자는 지는 게 싫어서 도전조차 하지 않는 사람이야" 온갖 실패들로 점철된 내 삶을 일순간 위로하는 말이었다. 우리는 많은 것을 결과로 이야기한다. 성공과 실패. 단 두 갈래로 나뉜 길에서 희비가 갈린다. 누구도 도전할 수 있도록 힘껏 낸 용기를 칭찬해주지 않았고, 비록 실패했지만 수고로웠던 과정을 되짚어주지 않았다. 남들이 알아주지 않는 건 사실 애초에 기대도 없었으니 아무렇지 않았지만, 정작 내가 날 결과로만 판단하며 자책해대니 제대로 설 힘조차 없었다. 성공과 실패의 확률은 늘 50:50이다. 그럼에도 '도전'을 했다. 두려움에 맞서 용기 낸 나를 토닥이며 칭찬해주어 마땅한 일이다. 도전은 곧 노력을 의미한다. 시험 결과가 두려워서 일부러 공부를 안 하고, 낮은 성적이 나오면 "이번에 공부를 안 했더니 결과가 그래. 공부하면 또 잘 나와" 라는 비겁한 변명은 그만둬야 한다. 진짜 실패자는 그런 것이다. 도전했다면 그것만으로 반은 성공이다.

누구에게나 때는 있다

    사람마다 때가 있고 인생의 흐름이 있다고 믿었다. '될 사람은 된다.'라는 말은 고등학교 때부터 들었지만 속으로 내심 다른 의미를 덧붙여 이해했다. '될 때가 된 사람은 된다'라고. 당신이 꿈을 이뤘거나, 영원한 사랑을 만났거나, 일확천금을 벌었다면 그것은 당신의 노력이 빛을 발할 때가 되었다는 것이다. 또한 인생의 흐름 속에서 상승곡선이 정점을 찍었다는 의미와 같다. 반대로 많은 것을 잃었고 오랜 시간 정성과 노력을 다했지만 제자리걸음에, 사람 관계에서도 괴롭다면 아마 그것은 좋은 '때'를 기다리는 하향곡선 가운데가 아닐까. 모든 것이 언제나 늘 잘 되리란 법 없고, 또 모든 것이 늘 어렵고 실패하리란 법도 없다. 그래서 따져보면 '0'에 가까운 것이 우리 인생 아닐까 싶다. 너무 오래 자만하지도, 오래 좌절하지도 말자. 다 때가 있으니.

순간을 기억하는 방법

순간을 기억하는 가장 좋은 방법은 '감동 받는 것'이다. 순간의 울림을 오래오래 간직하고 싶었다. 사진을 찍어서 남기기도 하고, 그때 감정과 상황을 매순간 기록하기도 했다. 그럼에도 '기억'은 나의 머릿속에 각인되는 것이라 다시 사진과 글을 꺼내지 않으면 곱씹기 힘들었다. 어디서든 떠올릴 수 있는 것은 내 머릿속에 있는 기억들뿐이니, 기억 주머니를 더 채워가야 한다. 감동, 즉 순간의 울림은 기억에 오랫동안 머물러 있다. 감동받고 또는 감동하기 위해서 감수성을 잘 길러놓아야 한다. 같은 것을 보고도 무심한 사람과 황홀경에 빠지는 사람으로 나뉘는 것도 아마 감수성의 차이일 것이다. 언젠가 꿈꾸던 그 장소에 가서도 멀뚱히 '그렇구나'하기보다 벅찬 눈물을 글썽이고 싶다. 감수성이 그 순간을 감동으로 이끌어 안내하고 나는 오래도록 그 기억을 들춰볼 수 있으면 좋겠다.

지인지조

언제 터질지 모를 핵폭탄을 품고 있는 기분이 들었다. 학교에 가면 아이들에게 <지인지조>를 가르쳐 주었는데, 정작 나는 내 인생을 소중하게 대하고 있지 않았다. "<지인지조> 얘들아 꼭 기억해둬." 아이들은 되물었다. "선생님, 지인지조가 무슨 사자성어예요?" 그건 말이야, '지 인생 지가 조진다'라는 말이란다.

우리 앞에 일어나는 대부분의 행운과 불운은 크고 작은 나의 선택으로 만들어진다는 걸. 그래서 그 누구의 탓도 해서는 안 된다는 걸 알고 있다.

옛날에 내가 버린 오물 쓰레기를 다시 주워 호주머니에 넣은 적이 있다. 썩고 냄새가 진동하고 있는데 난 어쩐지 쓰레기라도 담겨있는 호주머니가 빈속보다 좋아서 버리지 못했다. 내 인생 내가 조지고 있는 것인데, 알면서도 행하지 않는 것은 어리석음의 끝이다. 이제 보니 쓰레기는 죄가 없다. 그걸 품은 내 탓이다. 난 내일도 학교에 가면 아이들에게 '지인지조'를 조심하자고, 나는 마치 현명한 사람인 양 굴 테니 오심이 들 뿐이다.

사랑 아닌 모든 것은 폭력

"사람마다 다 필요한 시간이 다르니까" 그녀가 말했다.
그 말이 콕콕 가슴에 날아왔다. 같은 일을 겪어도 한 달이
면 마음을 추스르는 사람이 있는가 하면, 일 년이 지나도
힘든 사람이 있는 법이다. 그래서 슬픔을 강요하는 게 또는
기쁨을 강요하는 게 폭력이 된다는 걸 나는 깨닫는 중이다.
사랑이 아닌 모든 것은 폭력이리라. 같아도 다른 것이 우리
이고 달라도 같은 것이 우리이니까.

씨앗을 뿌려 열매를 맺는데 딸기가 되기 위해 필요한 시
간과 토마토가 되기 위해 필요한 시간은 각각 다르다. 아
마 계절도, 필요한 일조량과 수분 양도 다를 것이다. 자
연의 이치와 사람의 이치가 이렇게 비슷할 수밖에 없는
이유는 결국 우리도 자연의 일부이기 때문일 것이다. 그
래서 우리도 각자 싹을 틔우는 시기가 다르고, 꿈을 실
현하기까지 필요한 요소들이 다 다르다고 말해주고 싶
다. 혹시, 예쁘지 않은 모난 열매여도 누군가에겐 티 없

이 달달한 열매가 되기도 할 테니까. 또 열매를 채 맺지 못
했더라도 애썼다고 시원한 바람 불어줄 테니까.

인생은 문을 여는 일

애초에 성공과 실패가 없는 삶이다. 하나 이루면 성공한 것 같았지만 조금 지나고 또 다른 도전을 해야 할 때면 다시 제자리로 돌아간 듯했다. 이전의 영광은 빛바랜 거울이 되어 흐리멍텅한 얼굴을 뿌옇게 비출 뿐이다. 수많은 실패와 몇 번의 성공으로 인생은 다만 끊임없이 다가오는 문을 여는 일의 연속임을 알았다. 어떤 문을 열었더니 아카시아 꽃이 가득 핀 꽃밭이 나올 때도 있고 또 어떤 문을 열었더니 불구덩이 속에서 허들을 뛰어넘어야 하는 곳일 수도 있는 것이다. 꽃밭도 불구덩이도 영원히 머물 수는 없어서 다행일지도 모른다. 다가오는 문이 아쉬울 때도 있고 그것이 기다린 만큼 반가울 때도 있을 테니 말이다. 나는 지금 어디쯤 와 있을까. 앞으로 내 인생에 남은 문은 몇 개일까? 얼마나 더 많은 문을 열어야 성공과 실패로부터 자유로울 수 있을까. 문 앞에서 그 다음을 태연히 마주할 용기는 언제쯤 생기나.

강단

조금 더 단단해지자. 정말 강단 있고 힘 있는 사람이 되자. 할 말이 있을 때 얼굴 붉히는 게 두려워 그냥 넘기지 말고 할 말은 꼭 그 자리에서 하고 넘겨야 한다. 상대가 불편해 할까, 관계가 틀어져버릴까, 분위기가 얼어버릴까 얼마나 노심초사했었나. 그럼에도 해야 할 말은 꼭 해야 나를 잃지 않을 수 있다. 좋은 게 좋은 거라고 순간이지만 나만 참으면 다 괜찮으니 흘려보냈다. 그게 진짜 좋은 거였나? 그 하나하나의 일들이 쌓여서 내 자존감 위에 얹어져 나를 더욱 낮게 만들었다. '침묵은 금이라 했다.' 최대한 말을 아끼면 긁어 부스럼 만들지 않으니, 그 말도 참 맞는 말이다. 반대로 '고기는 씹어야 맛이고 말은 해야 맛이다' 라고 했다. 끙끙대지 말고 해야 할 말은 속 시원하게 제때 해야 한다. 나를 갉아 먹는 자존감 도둑들에게 부당한 것은 부당하다 소리쳐야 한다.

그림자의 꼬리

자신의 존재를 있는 그대로 받아들이지 못하면 불행해진다. 나는 과거에만 살거나 때로는 미래로 앞서가 두 눈과 귀를 막은 채 살기 바빴다. 결단코 거짓말하지 않는 낯빛과 머릿결, 그리고 걸음걸이만이 지금의 있는 그대로의 '나'를 드러내고 있었다. 불행은 불행을 먹고 자란다. 사람들 앞에서의 내 모습과 불 꺼진 방안에서 내 모습은 소름끼치도록 다르다. 그 누가 알까, 내 속의 검은 그림자를. 햇볕이 강하게 내리쬘수록 그림자의 꼬리는 더없이 길어진다는 것을. 그러므로 다른 사람들의 그림자를 밟을까 난 또 얼마나 쩔쩔맸었나. 문 하나만 열고 나오면 '있는 그대로'가 아닌 '없지만 새로 만든 모습'으로 살기란 참 버겁다. 하나도 아름답지가 않다. 치덕치덕 바른 가면과 그림자가 뒤따르는지도 모른 채 마냥 내리쬐는 햇살로는 내 본연의 모습을 숨길 수가 없는 것이다. 인정하고 스스로 지지하는 나 자신을 말이다.

이유 없는 벽은 없다

그때그때마다 이유는 있었다. 어떤 계기가 있었는지 기억할 수는 없지만 둘 중 하나를 선택해야 했던 이유는 반드시 있었을 것이다. 그 선택의 옳고 그름을 이제와 따질 수도 없을 뿐더러 아무 의미 없는 행동임을 안다. 매 순간 수많은 이유를 대며 살아간다. 이유가 있기에 행동하고 말하는 게 아니라 어쩌면 행동과 말을 정당화하기 위해 만들어 내는 이유가 더 많을지도 모른다. 내가 실제로 보고 들은 것은 사실 중요하지 않다. 어떻게 기억하고 머릿속에서 구성되어 있는가가 중요할 뿐이다. 그 과정에서 수많은 이유들이 생겨난다. 서로 자기에게 유리한 장치를 만들어 둔다. 그래야 방어할 수 있을 테니 이유를 벽돌처럼 쌓아 구멍을 메운다. 그래야만 한 번에 당해 무너져 내리지 않을 테니. 그런데 애초에 당당하고 딱딱한 벽돌이 아니었으니 한 번 크게 부는 바람에 어찌 휘청거리지 않을 수 있겠나.

정상성

 '정상성', normality를 향해 달려가는 삶은 불행하다. 정상성은 남들이 인정하는 가치, 세상이 좋다, 옳다로 정해놓은 것에 가까워지는 성질이다. 예를 들어 고급 커피를 마시는 두 사람이 있다고 가정하자. 한 사람은 그 커피의 원두가 너무 좋고, 그 커피를 마시면 각성이 잘되어 기분까지 좋아 매일 마신다. 이 사람에게는 커피가 목적 그 자체다. 다른 한 사람은 그 커피를 손에 든 자신의 모습에 만족한다. 애써 커피를 마시는 모습을 누군가에게 보이고자 한다. 이 사람에게 커피는 정상성에 가까워지기 위한 수단인 셈이다. 커피 정도야 괜찮다. 문제는 직업이나 삶의 방향, 가치관까지 정상성을 지향하면 탈이 나고 만다. 그 직업을 가져야만 '남들 사는 만큼은 산다'라든가 이 정도는 되어야 '남들이 그래도 인정해주니까'라는 생각들. 이것들이 결국 내 정신을, 내 보물 같은 삶을 좀먹고 있다는 것을 깨달아야 한다.

회색지대

회색지대에 머무르는 연습이 필요하다. 중간 없이 극단적이고 충동적인 성격으로 자라버린 나에게 세상에 존재하는 색은 '흑과 백'밖에 없었다. '이것' 아니면 '저것'이어야하고, 모든 것에 호불호가 극명하게 갈렸다. 원하는 것이 생기면 당장 가지거나 또는 아예 포기해버리기 일쑤고 이 천태만상 속에서 단 두 가지 선택지로만 살았다. 긍정적으로는 추진력이 좋은 거라 여겨왔지만 사실 중간을 견디지 못하는 불안이 나를 집어삼킬 줄은 상상도 못 했다.

선생님은 나에게 회색지대에 놓여 있는 연습이 필요하다 하셨다. "그건 어떻게 하는 거죠?"라는 물음에 여러 가지 방법이 있는데 회색지대를 가진 사람을 주변에 두는 것이 좋다 하셨다. 좋으면 좋고, 싫으면 끝이 아니라 '좋을 수도 있고 싫을 수도 있어' 또는 '지금 여기 우리가 즐거워도 또 내일은 어떨지 모르지', '곁에 서 뜨겁거나 또는 차게 식는 것만이 아니라 좋지도 싫지도 않은 그저 그런 것처럼'이라는 마음으로 살아가는 그런 사람 말이다.

달콤한 독약의 위로

지금 당장 눈앞에 힘든 사람이 있다. 그가 듣고 싶어 하는 말이 뭔지를 알고 있다. 나 역시 헤어 나오지 못할 늪 속에 빠진 적이 있었다. 당장 위로가 될 말이 필요해 책과 음악을 뒤적였다. 힘내라는 말, 넌 정말 소중한 사람이야, 무턱대고 넌 잘하고 있다는 말. 당신은 사랑받기 위해 태어난 사람이란 노래가 절로 흥얼거려지는 위로들. 문득 이 말들이 얼마나 위험한 것이고 무책임한지 생각했다. 달콤한 독약의 역할을 하는 말들은 당장 들을 때 괜찮은 듯해도 그 자리를 벗어나 일상에 돌아오면 다시 제자리. 결국 점점 죽어가는 모습만 남을 것이다. 더 나아지려면 낫기 위한 변화를 위해서라도 아픈 과정을 감내해야만 한다. 쓴 소리가 필요하면 수용할 수 있어야 하고 혼란스러움 속에서 재정비의 시간도 가져야 한다.

화상 치료 과정을 본 적이 있는가? 너무하다 싶을 정도로, 치료를 그만 두고 싶을 정도의 고통을 겪는다. 화

상으로 타들어간 살을 대패 밀듯 밀고, 생살이 나오게 한
다. 나아지기 위한 과정은 아마 이런 것일지도 모른다.

혼자가 아니려면

혼자가 아니려면 혼자가 되어야 한다. 홀로서기란 결국 함께하기 위한 초석이다. 좋다고 가까이할수록 우리 관계는 더 뜨거워져 눈앞이 캄캄해진다. 의도적인 거리두기는 반드시 필요하다. 외로울수록 더욱 나를 고립시켜 본다. 고독 속의 환희를 맛볼 수 있다면 분명 한 단계 더 성숙한 것일 테니.

자꾸만 '혼자'를 견디지 못해, 누구라도 아무나 급히 찾으려 한다. 어느 질문이 떠오른다. "자, 도박하는 남자, 바람피우는 남자, 때리는 남자가 있어요. 이 중에 누구 만날래요?" 지독히도 외로움을 견디지 못하는 그녀는 몇 초간 고민한 후 답했다. "그래도 바람이 낫지 않을까요?" 정답이 있겠냐마는 왜 꼭 그 중에서 골라야 하는지, 그냥 혼자 살면 안 되는지 되물을만한 질문이다.

아마 가족도, 친구도 같은 이치일 것이다. 함께 살면

늘 얼굴 붉히고 못할 말하는 사이가 몇 달만 떨어져 지내도 서로를 챙기고 마음을 쓰게 되니 말이다. 혼자가 아니고 싶은가, 조금 더 혼자가 되어 봐도 좋다.

꾸준히 걸어가는 사람

막 겁이 날 때가 있다. 우리는 살면서 곳곳에 내 족적을 남기고 사는데 그게 일이든 관계든 작게는 단 한마디 말이더라도 흔적을 남기고 산다. 걸어온 이 길이 제대로 된 길이었나 뒤돌아보는데 왜 문득 겁이 나는 걸까. 부끄럽고 어딘가 미숙하고 많이 부족한 모습만 부각되어서 내일도 모레도 똑같이 실수할까봐 이토록 겁이 나는 걸까. '그때의 네가 할 수 있는 최선을 다한 거야. 누구보다 네가 제일 잘 알잖아.' 내 속의 나에게 말을 건넸다. '이게 아닌데, 이게 아닌데'하면서도 꾸준히 걸어 나가는 사람이 있는가 하면 나처럼 겁이 나서 그대로 멈추어만 있는 사람이 있다. 뭐라도 해야 뭐라도 될 텐데. 값비싼 실패든 천만다행인 성공이든 가만히 고여 있으면 곰팡이 피어서 썩기밖에 더할까. '지금'을 잘 살아야 '과거'를 잘 산 게 되고, '지금' 행복해야 '과거'가 행복하다 했다. '지금' 할 수 있는 걸 하자.

대담함

대범함? 대담함. 사소한 것에 얽매이지 않으며 너그러운 '대범함'이나 담력이 크고 용감한 '대담함'이나 어쨌든 지금 나에게 절실한 것들이다. 내 인생을 방해하는 것들로부터 이별해야 한다. 나를 주눅 들게 하고 두려움에 떨도록 하는 많은 상황들이 구체적으로 어떤 것인지 말하거나 써 내려 간다. 실은 쓰고 보면 내가 어떻게 받아 들이냐에 따라 별일 아닌 것들이 대부분이다. 마음을 크게 먹어보는 거다. 심호흡 한번 크게 하고, 회피나 남 탓 내 탓이 아니라 마주해 보는 것이다. 대신 있는 그대로를 <객관적>으로 보면서 '나'와 대화해야 한다. "두렵기도 하고, 짜증도 나지? 솔직히 이해 안 가는 것도 많지?" 계속해서 내 감정을 묻는다. 차분하게, 더 차분하게. 그래 봤자 이런 일 아니면 그런 일. 또 아니면 저런 일 생기겠지. 그건 모르겠고, 나는 나만 챙기자. 내 옆에 내가 있어주어야 하니까. 생각보다 난 강한 사람이다. 대담해지자.

마음을 담은 메일을 기다립니다.

안녕하세요. 손현녕입니다. 목차에도 없는 이 페이지는 마치 존재하지 않는 영화 속 세계 같기도 합니다. 훤히 드러남 속에 숨겨짐은 우리를 아찔하고 설레게 합니다. 문자로 쓰였지만 목소리로 들릴 수 있게 가까이 쓰고 싶은 페이지입니다. 요즘 어떻게 지내고 계신가요. 마음은 편안하신가요.

사라지고 말 하루인데 우리는 왜 이토록 애쓰며 살까요. 사라져 버리고 말 인생인데 왜 이토록 안달복달 용쓰며 살까요. 태초부터 마음 안에 큰 구멍이 있었다는 걸 아는 우리는 계륵을 쥔 셈입니다. 무엇으로도 채워질 구멍이 아니라는 걸 알기에 의미없는 노력은 하지 않습니다. 아마 특권이겠지요. 그러나 그 구멍을 인지한 순간부터 인생은 크게 재미없고 별거 없다는 것 역시 알아버렸습니다. 굳이 몰라도 될 것을 알고 있으니 특권은 아니겠지요.

책을 읽으면서 자기 스스로와 어떤 이야기를 나누셨나요. 머리말에서 제가 던졌던 질문, 기억하고 계신가요. 그 질문에 큰 고민 없이 긍정적인 답을 내셨는지요. 여러분 마음 속에 이안나는 어떤 모습을 하고있나요.

　이 작은 한 권에 담은 이야기 가운데 가장 마음에 와닿는 구절은 어느 것이었나요. 당신의 마음을 동하게 한 글과 이유를 메일로 보내주세요. 제가 쓴 글이지만 저 역시 유독 애정하는 글이 있습니다. 혹시 같은 결의 마음으로 통한다면 그 역시 어찌 인연이 아닐 수 있을까요. 그런 분들이 계신다면 계절마다 한 분씩 모셔서 식사를 하고 싶습니다. 마음을 담은 메일 기다리겠습니다. 고맙습니다.

oorispot@gmail.com

이토록 안타까운 나에게

2019년 8월 23일 1판 1쇄 발행`
2023년 1월 30일 2판 5쇄 발행

펴낸곳 | 반달눈
출판 등록 | 2021년 7월 14일 (제2021-000010호)
전자우편 | momentarymee@naver.com
인스타그램 | @momentary_me

지 은 이   손현녕

공 동 기 획   제제

편집 및 디자인   이유리

괜찮은 현재들이 쌓이면
괜찮은 미래가 된다는 것을 믿습니다.

-편집 및 디자인 이유리-